輕鬆學文言

第二冊

哈哈星球　譯注

陳偉　繪

商務印書館

責任編輯　馮孟琦
裝幀設計　涂　慧　趙穎珊
排　版　高向明
責任校對　趙會明
印　務　龍寶祺

輕鬆學文言（第二冊）

譯　注　哈哈星球
繪　圖　陳　偉
出　版　商務印書館（香港）有限公司
　　　　香港筲箕灣耀興道 3 號東滙廣場 8 樓
　　　　http://www.commercialpress.com.hk
發　行　香港聯合書刊物流有限公司
　　　　香港新界荃灣德士古道 220-248 號荃灣工業中心 16 樓
印　刷　中華商務彩色印刷有限公司
　　　　香港新界大埔汀麗路 36 號中華商務印刷大廈
版　次　2023 年 6 月第 1 版第 1 次印刷
　　　　© 2023 商務印書館（香港）有限公司
　　　　ISBN 978 962 07 4663 5
　　　　Printed in Hong Kong

原著為《有意思的古文課》
哈哈星球 / 譯注，陳偉 / 繪
本書由二十一世紀出版社集團有限公司授權出版

目　錄

注：帶 📖 的文章為香港教育局中國語文課程的文言文建議篇章。

曹劌論戰

左丘明

姓名	左丘明
別稱	魯君子
出生地	魯國都君莊（今山東省肥城市）
生卒年	約公元前 502 年—約公元前 422 年

史學成就 👍👍👍👍👍

著編年體史書《左傳》
著中國第一部國別體史書《國語》

文學造詣 👍👍👍👍

語言生動簡潔　論述有力量

生命指數 👍👍👍👍

81 歲

百家文
字之宗，
萬世古
文之祖

　　他是姜子牙支孫，他的家族世代為史官，他一生著述輝煌，他的《左傳》是中國第一部敍事完整的歷史著作，他就是左丘明。

　　《左傳》全稱《春秋左氏傳》，是左丘明歷時三十載，恢宏灑脫十八萬餘字才撰成的上下縱貫二百餘年的璀璨史詩。其歷史、文學、科技、軍事價值為歷代史學家和文人所推崇。

　　即使晚年罹患眼疾，他也仍堅持書寫。他將半生所見所聞記述下來，匯集成《國語》。《國語》是我國現存最早的國別史，它與《左傳》一起，成為珠聯璧合的歷史文化巨著。

　　以史為鑑，借史喻今，被孔子、司馬遷尊為「君子」的左丘明，不愧為中國傳統史學的創始人，「百家文字之宗、萬世古文之祖」。

❶ 十年春，齊師伐我。公將戰，

曹劌請見。其鄉人曰：「肉食者謀

之，又何間焉？」劌曰：「肉食者鄙，未

能遠謀。」乃入見。

十年：魯莊公十年（公元前 684 年）。　伐：攻打。

我：指魯國。《左傳》根據魯史而寫，故稱魯國為「我」。

肉食者：指當權者。　鄙：鄙陋，目光短淺。　謀：謀議。

1 　　魯莊公十年的春天，齊國軍隊攻打魯國。魯莊公將要迎戰，曹劌請求魯莊公允許自己去拜見。他的同鄉說：「打仗的事當權者自會謀劃，你又為甚麼參與呢？」曹劌說：「當權者目光短淺，不能深謀遠慮。」於是入朝去拜見魯莊公。

日益精進

曹劌

　　春秋時魯國大夫，著名的軍事理論家。他之所以取勝，不是靠猛打猛衝，而是因為謀略、智慧，這一點尤其讓人稱道。戰爭當中，一個優秀的謀略家，抵得上成千上萬的將士。他雖然沒有將士的勇猛，沒有將士的勇力，不能在戰場上衝鋒陷陣，卻能憑藉智慧，以柔克剛，以弱勝強，以小取大。

問：「何以戰？」公曰：「衣食所安，

fú
弗敢**專**也，必以分人。」對曰：「小惠

fú
未遍，民弗從也。」公曰：「**犧牲**玉

bó
帛，弗敢加也，必以信。」對曰：「小信未

fú
孚，神弗福也。」公曰：「小大之**獄**

，雖不能察，必以**情**。」對曰：「**忠之**

屬也。可以一戰。戰則請從。」

專：獨佔，獨自專有。　**犧牲玉帛**：古代祭祀用的祭品。犧牲，祭祀用的純色牲畜。
孚：使人信服。　**獄**：訴訟的案件。　**情**：誠實，這裏指誠心。
忠之屬也：(這) 是盡了職分的事情。忠，盡力做好分內的事。

（曹劌）問：「（君主）憑藉甚麼作戰？」魯莊公說：「衣食這一類安身立命的東西，我不敢獨享，一定把它們分給別人。」（曹劌）回答說：「這些小恩小惠，不能讓百姓受惠，他們是不會聽從您的。」魯莊公說：「祭祀神靈的純色牲畜、玉帛之類的用品，我從來不敢虛報數目，一定用誠實的態度（對待神）。」（曹劌）說：「這只是小誠小信，不能讓神靈信服，神是不會保佑你的。」魯莊公說：「大大小小的訟案，雖然不能件件都了解得很清楚，但我一定會處理得合情合理。」（曹劌）回答說：「這才是盡心竭力做好本分的事情，您可以憑藉這個條件打一仗。如果作戰，請允許我跟隨您一同去。」

Ⓓ益精進

犧牲的古今異義

　　古時候用作名詞，指祭祀或祭拜的用品，包括純色全體牲畜；也指供盟誓、宴會享用的牲畜。現在將它作動詞，指為堅持信仰而死、為了正義的目的捨棄自己的生命或利益，如為國犧牲、犧牲自己的休息時間。

❷ 公與之 乘 ，戰於 長 勺。公將

鼓之 。劌曰：「未可。」齊人三鼓。

劌曰：「可矣。」齊師**敗績**。公將**馳**之。劌

曰：「未可。」下視其**轍** ，登**軾**而望之

，曰：「可矣。」遂逐齊師。

公與之乘：魯莊公和他共坐一輛戰車。之，指曹劌。　**長勺**：魯國地名，今山東萊蕪東北。

敗績：軍隊潰敗。　**馳**：追逐。　**轍**：車輪碾出的痕跡。

軾：古代車廂前做扶手的橫木。這裏用作動詞，指憑軾。

　　魯莊公和他共坐一輛戰車，在長勺和齊軍作戰。魯莊公要下令擊鼓進軍，曹劌說：「現在不行。」等到齊軍三次擊鼓之後，曹劌說：「可以擊鼓進軍了。」齊軍潰敗。魯莊公又要下令駕車馬追逐齊軍，曹劌說：「還不行。」說完就下了戰車，查看齊軍車輪碾出的痕跡，又登上戰車，扶着車前橫木遠望齊軍的隊形，這才說：「可以追擊了。」於是追擊齊軍。

日益精進

戰前擊鼓

　　一種戰時的禮節。周朝建立禮樂制度以後，古人做事很多時候把禮儀放在第一位。因有「事不過三」之說，而後來戰爭中三通鼓也就成了定例。一般在三通鼓後若還未出兵基本上這場仗就不能再打了，因而士氣也就「竭」了。

3 　既克 ，公問其故。對曰：「夫戰，勇氣也。一鼓作氣 ，再而衰 ，三而竭  。彼竭我**盈**，故克之。夫大國，難測也，懼有伏焉。吾視其轍亂，望其旗**靡**^{mǐ}  ，故逐之。」

既克：已經戰勝。既，已經。　**夫戰，勇氣也**：作戰，（是靠）勇氣。
一鼓作氣：第一次擊鼓能振作士氣。作，鼓起。　**三**：第三次。
盈：盛，指士氣旺盛。　**靡**：倒下。

　　戰勝齊軍後，魯莊公問他這樣做的原因。曹劌回答說：「作戰，是靠勇氣。第一次擊鼓，能夠振作士氣；第二次擊鼓，士兵們的氣勢就開始低落了；第三次擊鼓，士兵們的士氣就耗盡了。他們的士氣已經消失，而我軍的士氣正盛，所以才戰勝了他們。像齊國這樣的大國，他們的情況是難以推測的，我怕他們設下埋伏。我看到他們車輪碾過的痕跡散亂，望見他們的旗子倒下了，所以才決定追擊他們。」

日益精進

轍亂旗靡

　　漢語成語，意思是車轍錯亂，旗子倒下。形容軍隊潰敗逃竄。出自《左傳・莊公十年》。

普通話朗讀

莊子與惠子
遊於濠梁之上

選自《莊子・秋水》

姓名	莊周
別稱	莊子
出生地	宋國蒙（今河南省商丘市）
生卒年	約公元前 369 年—公元前 286 年

政務能力 👍👍

主張無為而治

文學造詣 👍👍👍👍👍

《莊子》被道教奉為道家經典之一　先秦散文最高成就

思想造詣 👍👍👍👍👍

道家學派代表人物　與老子並稱「老莊」

生命指數 👍👍👍👍👍

84 歲

你快樂嗎？

其實我是魚

　　惠子看重魏相之位，以此推斷莊子也很想要這個官位。莊子被誤會，想告訴對方不能以己度人，「魚之樂」就此引發了一場流傳千古的爭辯。

　　兩人一生亦敵亦友，雖觀點不同而常常針鋒相對，但又棋逢對手，惺惺相惜。

　　惠子好辯，重分析，「子非魚，安知魚之樂？」

　　莊子智辯，重欣賞，「子非我，安知我不知魚之樂？」

　　濠梁之上，求真與尚美、探索尋根和共感超然，激盪了世人數千年的思索……

莊子與惠子遊於**濠梁** 之上。莊子

曰：「**鯈魚** ^{tiáo} 出游從容，是魚之樂也。」

惠子曰：「子非魚，**安**知魚之樂？」莊子曰：

「子非我，安知我不知魚之樂？」惠子曰：

「我非子，**固**不知子矣；子**固**非魚也，子之

不知魚之樂，全矣！」莊子曰：「請**循其本**。

子曰『汝安知魚樂』云者，既已知吾知之而

問我，我知之濠上也。」

濠梁：濠水上的橋。濠，水名，在今安徽鳳陽境內。梁，橋。

鯈魚：一種銀白色的淡水魚。　**安**：疑問代詞，怎麼。

固：第一個是「必，一定」的意思，第二個是「本來」的意思。

循其本：從最初的話題說起。循，追溯。其，代指話題。本，本原。

莊子和惠子一起在濠水的橋上遊玩。莊子說:「鯈魚在河水中游得多麼悠閒自得,這就是魚的快樂。」惠子說:「你不是魚,怎麼知道魚的快樂?」莊子說:「你不是我,怎麼知道我不知道魚快樂?」惠子說:「我不是你,一定就不知道你;你本來不是魚,你不知道魚的快樂,這是完全確定的。」莊子說:「讓我們回到話題的本原,你說『你哪裏知道魚是快樂的呢』這句話時,就是已經知道我知道這件事而來問我的。而我則是在濠水的橋上知道魚的快樂的。」

日益精進

惠子

惠氏,名施,戰國中期宋國(今河南省商丘一帶)人。他是著名的政治家,合縱抗秦最主要的組織者;他是戰國時期重要的哲學家,名家學派主要代表人物。惠子是莊子的老鄉、好友,他們都好辯論,辯才犀利無比,「濠梁之辯」便是在他們散步時發生的。

普通話朗讀

勸學

荀子

姓名	荀子
別稱	名況，字卿，尊稱荀卿， 又稱孫卿
出生地	戰國趙國（今址有爭議）
生卒年	公元前 313 年—前 238 年

戰國

政務能力 👍👍👍👍

曾三次出任齊國稷下學宮的祭酒
後為楚蘭陵（位於今山東蘭陵縣）令

思想造詣 👍👍👍👍👍

戰國時代儒學宗師　素有「諸子大成」的美稱
提出「性惡論」重視教化

文學造詣 👍👍👍

「辭賦之祖」《荀子》開創以賦為名的文學體裁

生命指數 👍👍👍👍

76 歲

我們為甚麼
要終身學習

學習是不能停止的。也許荀子是最早提出「終身學習」概念的人。

荀子認為一個人必須重視後天的學習，只有不斷矯正自己，才能成為真正的君子。《勸學》中的學習，不僅指知識本身，更指習慣與修養。荀子讓我們知道，聰明不能替代勤奮，天才也要苦讀，拼盡全力。天才不等於優秀的基因，而等於利用好時間，天才是把眼前的每一題做到極致、每一篇作文寫到最好。

學習中最大的障礙，就是對現狀的自滿。荀子教我們要避免做固定型的人，要做以努力為豪、永遠尋求挑戰機會的成長型的人。

荀子期待，每一個讀過《勸學》的孩子都能終身學習，一旦點燃了內驅力，你將成為更好的自己。

❶　　君子曰：學不可以已。

❷　　青，取之於藍，而青於藍；冰，水為

之，而寒於水。木直 **中** 繩，**輮**以為輪，其

曲 中 規 。雖有 **槁 暴** ，不復挺者，

輮使之然也。故木受繩則直，金**就礪**則利，

君子博學而日**參** 省 乎己，則**知**明而行無

過矣。

中繩：(木材) 合乎拉直的墨線。古代木工用拉直的墨線取直。

輮：使木條彎曲。這個意義通「煣」或「揉」。一種手工藝，用火烤使木條彎曲。

槁暴：曬乾。槁，枯。　　**就礪**：拿到磨刀石上去磨。礪，磨刀石。就，動詞，接近，靠近。

參：驗，檢查。　　**知**：智慧。這個意義後來寫作「智」。

1 君子說：學習是不可以停止的。

2 　　靛青是從蓼藍裏提取的，可是比蓼藍的顏色更深；冰是水凝結而成的，卻比水還要寒冷。木材本來直得符合拉直的墨線，可是一旦用輮的工藝把它彎曲做成輞，其彎度就合乎圓的標準。之後，即使又曬乾了，木材也不會再挺直，那是因為經過加工，它就變了樣子。所以木材用墨線量過（再經輔具加工）就能取直，刀劍等金屬製品在磨刀石上磨過就能變得鋒利，君子廣泛地學習，加上每天對自己的思想行為進行檢查反省，他就會變得聰明機智，行為就不會出現過錯了。

日益精進

蓼 (liǎo) 藍草
　　一年生草本植物，莖紅紫色，葉子長橢圓形，乾後呈暗藍色。花淡紅色，穗狀花序，結瘦果，黑褐色。葉子含藍汁，可以做藍色染料。

3 吾嘗終日而思矣，不如須臾之所學也；吾嘗跂而望矣，不如登高之博見也。登高而招，臂非加長也，而見者遠；順風而呼，聲非加疾也，而聞者彰。假輿馬者，非利足也，而致千里；假舟楫者，非能水也，而絕江河。君子生非異也，善假於物也

跂：提起腳後跟。　疾：猛烈，這裏指聲音宏大。　假：藉助，利用。輿：車。

水：動詞，游泳。　絕：橫渡。　生：通「性」，天賦、資質。

3

  我曾經整天思索，卻不如片刻學到的知識多；我曾經踮起腳遠望，卻不如登到高處看得廣闊。登到高處招手，胳膊並沒有比原來更長，卻能讓更遠的人看到；順著風呼叫，聲音沒有比原來更洪大，卻能讓聽者聽得更清楚。藉助車馬的人，並不是腳走得快，卻可以到達千里之外；藉助舟船的人，並不善於游泳，卻可以橫渡江河。君子的本性跟（一般人）沒有差別，只是善於藉助外物罷了。

日益精進

《荀子》

  戰國時期荀子和弟子們整理或記錄他人言行的哲學著作。全書一共 32 篇，其觀點與荀子的一貫主張是一致的。荀子的文章擅長說理，組織嚴密，分析透闢，善於取譬，常用排比句增強議論的氣勢，語言富贍警煉，有很強的說服力和感染力。

④ 積土成山，風雨興焉；積水成淵，

蛟龍生焉；積善成德，而神明自得，聖心

備焉。故不積跬步 ^{kuǐ}，無以至千

里；不積小流，無以成江海。騏驥一躍 ^{qí jì}

，不能十步；駑馬十駕，功在不捨。^{nú}

蛟：一種似龍的生物。

跬步：古代稱跨出一腳為「跬」，跨兩腳為「步」。

駑馬十駕：劣馬拉車連走十天，（也能到達）。駑馬，劣馬。駕，馬拉車一天所走的路程叫「一駕」。

④

　　堆積土石成了高山，風雨就從這裏產生；匯積水流成為深淵，蛟龍就從這裏產生；積累善行養成高尚的品德，自然會心智澄明，也就具有了聖人的精神境界。所以不積累一腳兩腳的行程，就沒有辦法達到千里之遠；不積累細小的流水，就沒有辦法匯成江河大海。駿馬一跨躍，也達不到十步；劣馬拉車走十天，也能到，成效就在於不停地走。

日益精進

《勸學》裏的論證方法

　　大量運用比喻論證進行論述，這是《勸學》的一個十分突出的特點。作品集中運用並列的比喻，從同一角度反覆地說明問題，這種手法在修辭上叫做「博喻」，荀子作品中的博喻都是用來說明事理的。本文還大量運用對比論證，將兩種相反的情況形成鮮明對照，增強文字的說服力。

鍥 ^{qiè} 而捨之，朽木不折 ^{zhé} ；鍥而不捨，

金石可鏤 ^{lòu} 。蚓 無爪 ^{zhǎo} 牙之利，

筋骨之強，上食埃土，下飲黃泉，用心一

也。蟹六跪 而二螯 ^{áo} ，非蛇

鱔 ^{shàn} 之穴無可寄託者，用心

躁也。

鍥：刻。　鏤：雕刻。　跪：蟹腿。　螯：蟹鉗。

如果雕刻幾下就停下來了，那麼即使腐爛的木頭也刻不斷；如果不停地刻下去，那麼即使金石也能雕刻成功。蚯蚓沒有銳利的爪子和牙齒、強健的筋骨，卻能向上吃到泥土，向下喝到泉水，這是由於牠用心專一啊。螃蟹有六條腿，兩個鉗夾，但是如果沒有蛇、鱔的洞穴牠就無處存身，這是因為牠用心浮躁啊。

日益精進

鍥而不捨，金石可鏤

意指只要堅持不停地用刀刻，就算是金屬、玉石也可以雕出花飾。引申為：只要堅持不懈地努力，即使再難的事情也可以做到。同義詞有持之以恆、堅持不懈、皇天不負有心人、繩鋸木斷等。

普通話朗讀

出師表

諸葛亮

姓名	諸葛亮
別稱	字孔明，號臥龍
出生地	徐州琅邪陽都（今山東省沂南縣）
生卒年	公元 181—234 年

三國

軍政能力 👍👍👍👍👍

隆中對策　赤壁鬥智　定鼎荊益　先主託孤　北伐中原

文學造詣 👍👍👍👍👍

《出師表》千古流傳　《誡子書》立志典範

才藝指數 👍👍👍👍👍

書法家　《遠涉帖》被王羲之臨摹
發明家　發明孔明鎖、孔明燈、木牛流馬、諸葛連弩

生命指數 👍👍👍

54 歲

你乖乖的，我去給你打江山

　　蜀漢建興五年（公元 227 年），諸葛亮喜得一子。他給兒子起名諸葛瞻。

　　這年，他四十七歲。

　　青年出山，一路殫精竭慮，不知不覺到了這把年紀。

　　在那樣的年代，這樣的年歲已經算是高齡，但諸葛亮不敢有絲毫的懈怠，因為蜀漢的前途命運沉甸甸地壓在他的肩膀上。他甚至都顧不上自己的親生兒子，他還有一個「大兒子」需要操心扶持。沒錯，就是先帝劉備託付給他的後主劉禪，小名阿斗。

　　阿斗繼位那年十六七歲，除了皇帝必須出席的場合外，一切軍國大事都委託諸葛亮操持。他對相父保持着絕

對的信任，也對自己的生活保持着絕對的歡樂自在。

他的歡樂自在，建立在相父對他的無微不至的呵護上。諸葛亮化身雨傘、手杖和廣廈，保護他、扶持他、安頓他。

如今，為了他，諸葛亮又要張羅北伐。

此時，曹丕剛死，曹魏新帝曹睿即位，司馬懿仍舊是託孤重臣。兩個命定的對手，經過犬牙交錯的各自遭際，如今，要各率大軍，一決雌雄。

臨行前，面對懵懵懂懂的故人之子，想起遺恨歸天的先帝，諸葛亮將滿心的不捨凝聚成一篇照耀千古的文章。

區區數百字，寫不盡的牽腸掛肚，教劉禪廣開言路，賞罰分明，親賢臣，遠小人。

「臣受命之日，寢不安席，食不甘味」這十三個字，是諸葛亮這麼多年來的生活狀態。沒有誰是真的神人，只有肯動腦筋，會動腦筋，算無遺策的聰明人。可是頭腦整日高速運轉，能睡得着、吃得香才怪。

當初日上三竿尚且高臥不起的臥龍，如今日日忙於施雲佈雨，煎熬寸心。

他説：「先帝知臣謹慎。」「謹慎」是他的最大特點。一

次次的出兵打仗，打仗前，自家兵員多少，糧草如何，誰適合做前鋒，誰適合做策應，你去哪裏埋伏，他去哪裏佈疑陣……種種參慮周詳，爛熟於心。

治政時，哪個領域宜寬，哪個領域宜嚴，哪個人應該重用，哪個人又應該調整，哪裏應該採取甚麼樣的政策……都需要他去操心。他甚至謹慎到了親自去做查閱花名冊之類的小事。

因為謹慎，所以出征前，他一切都要給阿斗安排好。他讓阿斗要把宮裏和朝中一碗水端平，甚至給他提供好幾個值得重用的人，包括郭攸之、費禕、董允等人，還有將軍向寵。說到底，千叮嚀萬囑咐的，就是想讓阿斗親賢臣、遠小人。

越寫越想起自己當初躬耕南陽，想起劉備對自己的厚待與厚望，想起這些年的東征西討、臨危受命，不知不覺，二十一年過去了啊。

這麼久了，身上的擔子還不敢卸、不能卸，因為使命還沒有完成。如今要遠行，面對奏表禁不住熱淚縱橫，他要離這個「大兒子」遠遠的了，希望他在家裏好好的，乖乖的，坐穩自己給他打下來的江山。

1 先帝創業未半而中道崩殂 （cú），今天下三分，益州疲弊 （bì），此誠危急存亡之秋 也。然侍衞之臣不懈於內，忠志之士 忘身於外者，蓋 追先帝之殊遇 ，欲報之於陛下也。誠宜開張聖聽，以光先帝遺德，恢弘志士之氣，不宜妄自菲薄 （fěi），引喻失義，以塞忠諫（sè jiàn）之路也。

崩殂：死。崩，秦代以後專指皇帝的死。殂，死亡。　疲弊：指人力、物力等不足。
秋：時候。　蓋：表原因，連接上文。

　　先帝創立（統一天下的）事業未完成一半就中途去世了。現在天下分為三國，我們蜀漢國力薄弱，處境艱難，這實在是國家危急存亡的時刻啊。然而朝廷的官員在宮廷內毫不鬆懈，軍中將士和地方官在外面奮不顧身，都是因為追念先帝對他們的特殊厚待，想要報答在陛下您身上。陛下確實應該廣泛聽取別人的意見，來發揚光大先帝遺留下來的美德，振奮有遠大志向的人的志氣，不應過分看輕自己，說話不恰當，以致堵塞了忠言進諫的道路。

日益精進

　　表：古代臣子向君主陳述請求、表白心志的一種文體。

❷ 宮中府中，俱為一體，陟 罰

zhì

zāng pǐ

 臧否，不宜異同。若有**作姦犯科**及為

忠善者，宜付有司論其刑賞，以 **昭** 陛下平明

zhāo

之理 ，不宜偏私，使內外異法也。

陟：晉升，提拔。

臧否：讚揚和批評。臧，善，這裏用作動詞，指表揚。否，惡，這裏用作動詞，指批評。

作姦犯科：做姦邪事情，犯科條法令。　　**昭：**顯明。使動用法，使……顯明。

❷ 　　宮中和相府中本都是一個整體，賞罰褒貶，不應該有所不同。如果有為非作歹犯科條法令和忠心做善事的人，都應該交給主管官吏評定對他們的懲罰與獎賞，來彰顯陛下公正嚴明的治理，而不應當有偏袒和私心，使宮內和相府中獎罰標準有所不同。

日益精進

《出師表》

　　出自《三國志‧諸葛亮傳》。《出師表》又稱《前出師表》，寫於北上伐魏之時；另有《後出師表》，寫於率軍出散關前。

③　侍中、侍郎郭攸之、費禕、董允等，此皆良實，**志慮忠純**，是以先帝簡拔以**遺**陛下。愚以為宮中之事，事無大小，**悉以諮之**，然後施行，必能**裨補闕漏**，有所廣益。

志慮忠純：志向和思慮忠誠純正。　**遺**：給予。　**悉以諮之**：都拿來問問他們。
裨補闕漏：彌補缺失疏漏。

❸　　侍中郭攸之、費褘和侍郎董允等人，這些都是善良誠實的人，他們的志向和思慮忠誠純正，所以先帝把他們選拔出來交給陛下。我認為宮中之事，無論大小，都拿來問問他們，然後再去施行，一定能夠彌補缺失和疏漏，可以獲得更多的啟發和幫助。

日益精進

武侯祠

　　這是紀念諸葛亮的祠堂。因諸葛亮生前被封為「武鄉侯」，死後又被後主劉禪追諡為「忠武侯」，因此尊稱其祠廟為「武侯祠」。目前最有影響力的武侯祠在成都，它是中國唯一一座君臣合祀的祠廟，劉備的惠陵和漢昭烈廟與其合併在一處。

④ 　將軍向寵，**性行淑均**，**曉暢**軍事，試用於昔日，先帝稱之曰「能」，是以眾議舉寵為**督**。愚以為營中之事，悉以諮之，必能使**行陣** háng 和睦，優劣得所。

性行淑均：性情品德善良公正。　　**曉暢**：諳熟，精通。　　**督**：武職，向寵曾為中部督。
行陣：指部隊。

④ 　　將軍向寵，性格和品行善良公正，通曉軍事，過去起用他的時候，先帝稱讚說他「有才幹」，因此大家評議舉薦他做中部督。我認為軍隊中的事情，都拿來跟他商討，就一定能使軍隊團結一心，不同才能的人各得其所。

日益精進

羽扇

　　用鳥類羽毛做成的扇子，它是扇子家族中最早出現的，已有兩千多年歷史。在漢末到魏晉南北朝這一歷史階段，羽扇成為士大夫、文人墨客鍾愛的藝術品。諸葛亮可以說是白羽扇的形象代言人了，但他的白羽扇最重要的作用可不是來擺酷的，而是用來指揮三軍的。

5 　　親賢臣，遠小人，此先漢所以興隆也；

親小人，遠賢臣，此後漢所以傾頹也。

先帝在時，每與臣論此事，未嘗不歎息痛恨

於桓、靈也。侍中、尚書、長史、參軍，

此悉貞良死節之臣，願陛下親之信之，則漢

室之隆，可計日而待也。

傾頹：衰敗。　　**死節**：為國而死的氣節，能夠以死報國。死，為⋯⋯而死。

5 　親近賢臣，疏遠小人，這是西漢之所以興盛的原因；親近小人，疏遠賢臣，這是東漢之所以衰敗的原因。先帝在世的時候，每逢跟我談論這些事情，沒有一次不對桓、靈二帝的做法感到痛心遺憾的。侍中、尚書、長史、參軍，這些人都是忠貞賢良、能夠以死報國的臣子，希望陛下親近他們，信任他們，那麼漢朝的復興就指日可待了。

日益精進

後漢人名，無兩字者

　　東漢人取名都用單字，且看三國裏的人名，呂布、趙雲、周瑜、魯肅……複姓也如此，諸葛亮、夏侯淵、司馬懿……單字人名時尚都是因為一個人 —— 王莽。他當了皇帝後推行新政，主張復古。古人講究避諱，為了方便老百姓避諱，東漢皇帝都用單字名，這樣百姓避一個字就行了。單字名也就逐漸成為當時風尚。

6 臣本布衣，**躬耕**於南陽，苟全性命於**亂**世，不求聞達於諸侯。先帝不以臣**卑鄙**，**猥**自枉屈，三顧臣於草廬之中，諮臣以當世之事，由是感激，遂許先帝以**驅馳**。後值傾覆，受任於敗軍之際，奉命於危難之間，**爾來**二十**有**一年矣。

躬耕：親自耕種。躬，親自；耕，耕種。

卑鄙：身份低微，見識短淺。卑，身份低下；鄙，見識短淺，與今義不同。

猥：辱，這裏指降低身份。　**驅馳**：奔走效勞。　**爾來**：自那時以來。

有：通假字，用於整數和整數之間，表示整數之外再加零數。

6 　　我本來是平民百姓，在南陽務農種地，只想在亂世中苟且保全性命，不奢求在諸侯之中揚名顯身。先帝不認為我身份卑微、見識短淺，承蒙他親自屈駕前往，三次來到草廬裏拜訪我，徵詢我對時局大事的意見，由此使我感動奮發，答應為先帝奔走效勞。後來遇到軍事失利，我在兵敗時接受任務，在危難關頭奉行使命，從那時到現在已經有二十一年了。

日益精進

隆中對

　　劉備三顧茅廬，到了第三次終於在諸葛亮隱居的隆中與他見上了面。在劉備的再三懇求下，諸葛亮決定出山，擔任劉備勢力的軍師。諸葛亮指出，北方的曹操勢力正值巔峯，江東的孫權勢力也很難對付，所以劉備還有機會爭取的就只剩下荊州、益州和漢中。如果計劃能順利實施，便可爭取跟曹操和孫權三分天下，這個戰略，就是歷史上著名的「隆中對」。

7 先帝知臣謹慎（jǐn shèn），故臨 崩（bēng）寄臣以大事也。受命以來，**夙夜**（sù）憂歎，恐託付不效，以傷先帝之明，故五月渡瀘，深入不毛。今南方已定，兵甲已足，當獎率三軍，北定中原，**庶**（shù）竭**駑鈍**（nú），攘除（rǎng）姦凶，興復漢室，還於舊都。此臣所以報先帝而忠陛下之職分也。至於 斟 酌（zhēnzhuó）損益，進盡忠言，則攸之、褘、允之任也。

夙夜：早晚。 **庶**：表示期望。
駑鈍：比喻才能平庸，這是諸葛亮自謙的話。駑，劣馬，走不快的馬，指才能低劣；鈍，刀刃不鋒利，指頭腦不靈活，做事遲鈍。

7 先帝知道我做事嚴謹慎重，所以臨終時把國家大事託付給我。接受遺命以來，我早晚憂愁歎息，唯恐先帝託付給我的事不能完成，以致損傷先帝的知人之明。所以我五月渡過瀘水，深入到人煙稀少的荒涼之地。現在南方已經平定，兵員裝備已經充足，應當激勵、率領全軍將士向北方進軍，平定中原，希望用盡我平庸的才能，鏟除姦邪兇惡的敵人，恢復漢朝的基業，回到舊日的國都。這就是我用來報答先帝，並且盡忠陛下的職責本分。至於處理事務，斟酌情理，權衡政治上的利弊，毫無保留地進獻忠誠的建議，那就是郭攸之、費禕、董允等人的責任了。

日益精進

阿斗

劉禪的小名為阿斗。據傳劉禪之母甘夫人因夜夢仰吞北斗而懷孕，所以劉禪的小名叫做「阿斗」。後人常用「阿斗」或「扶不起的阿斗」一詞形容庸碌無能的人。

8　　願陛下託臣以討賊興復之效；**不效**，則治臣之罪，以告先帝之靈。若無興德之言，則責攸之、褘、允等之**慢**，以彰其咎。陛下亦宜自謀，以諮**諏** zōu 善道，察納雅言，深追先帝遺詔。臣不勝受恩感激。今當遠離，臨表**涕**零 ，不知所言 。

不效：沒有取得成效。　**慢**：怠慢，疏忽，指不盡職。　**諏**：詢問。　**涕**：眼淚。

8

　　希望陛下能夠把討伐曹魏、興復漢室的任務託付給我，如果沒有成功，就治我的罪，從而用來告慰先帝的在天之靈。如果沒有發揚聖德的建議，就責罰郭攸之、費禕、董允等人的怠慢，來顯露他們的過失。陛下也應自行謀劃，徵求、詢問治國的好道理，採納正確的言論，深切追念先帝臨終留下的教誨。（這樣）臣就承受不了所受的聖恩而感激不盡了。今天我將要告別陛下遠行了，面對這份奏表禁不住熱淚縱橫，不知道說了些甚麼話。

日益精進

　　功蓋三分國，名成八陣圖。江流石不轉，遺恨失吞吳。

　　　　　　　　　　　　　　　　　　── 唐・杜甫《八陣圖》

普通話朗讀

蘭亭集序

王羲之

姓名	王羲之
別稱	字逸少，又稱王右軍、王會稽
出生地	琅邪臨沂（今山東省臨沂市）
生卒年	公元 303—361 年

文學大咖 👍👍👍👍

歷任祕書郎　　寧遠將軍　　江州刺史　　後為會稽內史　　領右將軍

故事大王 👍👍👍👍👍

有「書聖」之稱，其書法兼善隸、草、楷、行各體，擺脫了漢魏筆風，自成一家，影響深遠
代表作《蘭亭集序》被譽為「天下第一行書」
在書法史上，他與其子王獻之合稱為「二王」

生命指數 👍👍👍

59 歲

心存癖好，
不走尋常路

公元 353 年，王羲之和一羣雅士來到山陰，喝酒賦詩，42 人寫下 37 首，他作序：「仰觀宇宙之大，俯察品類之盛，所以遊目騁懷，足以極視聽之娛，信可樂也。」那天，是他在家國沉淪的時刻難得的消遣。

《蘭亭集序》是王羲之對生命真諦的喟歎：人充滿元氣地、豐沛地活着，要找到陪伴一生的癖好，無論何時，你都可以向世界表達你的存在。

王羲之的癖好，是文，更是字。他的字有多好？時人讚曰：翩若驚鴻，宛若蛟龍。他早年飄逸，後博覽篆、隸、碑等古跡，剛柔並濟，文武相融，找到了楷書與草書的平衡，形成獨創的行書。

王羲之一生都不走尋常路，他把書法當成摯友，你中有我、我中有你，最終成就「人書合一」的至高境界。

①

永和九年，歲在癸丑（guǐ），暮春之初，會於

會稽（kuài jī）山陰之蘭亭 ，修禊（xì）事也。羣賢畢

至，少 長 咸集（zhǎng） 。此地有崇山峻嶺，

茂林修竹 ，又有清流激湍（tuān），映帶左右，

引以為流 觴 曲水（shāng qū） ，列坐其次。雖無絲

竹管弦之盛 ，一觴一詠，亦足以暢敍

幽情。

會稽：郡名，在今浙江北部和江蘇東南部一帶。　**山陰**：今紹興越城區。　**禊**：一種祭禮。
流觴曲水：將酒杯放入彎曲的水道中任其飄流，酒杯停在誰面前，誰就引杯飲酒。這是古
人一種勸酒取樂的方式。

❶　　永和九年，時值癸丑之年，陰曆三月初，我們會集在會稽郡山陰城的蘭亭，為了做消災求福的事。眾多賢士能人都匯聚到這裏，年長、年少者都聚集在這裏。蘭亭這個地方有高峻的山峯，茂盛高密的樹林和竹叢；又有清澈激盪的水流，在亭子的左右輝映環繞，我們把它引來作為漂傳酒杯的環形渠水，按位次坐在曲水旁邊，雖然沒有管弦齊奏的盛況，但喝着酒作着詩，也足以暢快表達深遠的情懷。

日益精進

禊

　　古代習俗，於陰曆三月上旬的巳日（魏以後定為三月三日），人們羣聚於水濱嬉戲洗濯，以祓除不祥和求福。實際上這是古人的一種遊春活動。

❷ 是日也，天朗氣清，**惠風和暢**，仰觀 宇宙之大，俯察 品類之盛，**所以**遊目**騁**懷，足以**極**視聽之娛，**信**可樂也 。

惠風和暢：和風溫和舒暢。

所以：「所」字結構，大致和現代漢語的「憑……來」相當。以，介詞。憑藉。

騁：盡情施展，放任無約束。

極：達到極點。這裏用作使動，指使……達到極點，等於說盡情享受。　**信**：實在。

②　　這一天，天氣晴朗空氣清新，和風溫和舒暢，抬頭縱觀廣闊的天空，俯身觀察大地上繁多的萬物，藉以舒展眼力，開闊胸懷，足以盡情享受視聽的歡娛，實在令人快樂。

日益精進

「天下第一行書」

　　指《蘭亭集序》。全文 28 行、324 字，通篇遒媚飄逸，字字精妙，點畫猶如舞蹈，有如神人相助而成，被歷代書界奉為極品。宋代書法大家米芾稱其為「中國行書第一帖」。後世但凡學習行書之人，都會傾心於《蘭亭集序》不能自拔，讚歎於王羲之出神入化的書法技藝與如水般流暢的文采。

3 夫人之**相與**，**俯仰**一世。或**取諸**懷抱，

悟言 一室之內；或因寄所託，放浪形

骸之外。雖**趣捨萬殊** ，靜躁不同 ，

當其欣於所遇，暫得於己，快然自足，不知

老之將至；及其**所之既倦**，情隨事遷，**感**

慨係之矣。

相與：相處、相交往。　**俯仰**：表示時間的短暫。　**取諸**：取之於，從……中取得。

悟言：面對面地交談。悟，通「晤」，面對面。

趣捨萬殊：（每個人）走或不走的道路不相同，比喻每個人的志趣各不相同。趣，趨向，朝某一個方向奔去。萬殊，千差萬別。　**所之既倦**：（對於）所喜愛或得到的事物已經厭倦。

感慨係之：感慨隨着產生。係，接續。

3　　人與人相互交往，很快便度過一生。有人喜歡展現自己的抱負，跟朋友在一室之內見面交談；有人喜歡藉助外物寄託自己賴以生活的情趣，在形體之外不受拘束，放縱地生活。雖然（人）各有各的愛好，安靜與躁動各不相同，但當他們對所接觸的事物感到高興時，一時感到自得，（感到）高興和滿足，竟然不知道衰老將要到來。等到對於自己所喜愛的事物感到厭倦，心情隨着當前的境況而變化，感慨隨之產生了。

日益精進

「不知老之將至」

　　這句話出《論語・述而》：「其為人也，發憤忘食，樂以忘憂，不知老之將至云爾。」另一版本有「曾」在句前。

向之所欣，俯仰之間，已為陳跡 ，

猶不能不以之興懷，況**修短隨化**，終**期**

於盡！古人云：「**死生亦大矣**。」豈不

痛哉 ！

向：過去，以前。 **修短隨化**：壽命長短聽憑造化。化，指自然。 **期**：必，必定。
死生亦大矣：死生是一件大事啊。語出《莊子・德充符》。

過去所喜歡的東西，轉瞬間，已經成為舊跡，尚且不能不因為它引發心中的感觸，何況壽命長短，聽憑造化，最後必死呢！古人說：「死生畢竟是件大事啊。」怎麼能不讓人悲痛呢！

日益精進

行書

是書法的一種，在楷書的基礎上發展起源，是介於楷書、草書之間的一種字體，為了彌補楷書的書寫速度太慢和草書的難於辨認而產生。「行」是「行走」的意思，因此它不像草書那樣潦草，也不像楷書那樣端正。行書實用性和藝術性皆高。

④ 每覽昔人興感之由，若合一**契**

，未嘗不**臨文嗟悼**，不能喻之
<small>jiē dào</small>

於懷。**固知一死生為虛誕，齊彭殤為妄作**

假。後之視今，亦猶今之視昔，悲夫！故

列敍時人，錄其所述，雖世殊事異，所

以興懷，其致一也。後之覽者，亦將有感於

斯文。

契：符契，古代的一種信物。在符契上刻上字，剖而為二，各執一半，作為憑證。

臨文嗟悼：讀古人文章時歎息哀傷。臨，面對。悼，悲傷。

固知一死生為虛誕，齊彭殤為妄作：本來知道把死和生等同起來的説法是不真實的，把長壽和短命等同起來的説法是妄造的。一生死，齊彭殤，都是莊子的看法，出自《齊物論》。一，把……看作一樣。齊，把……看作相等。都用作動詞。

④　每當我看到前人興懷感慨的原因，與我所感歎的好像符契一樣相合，沒有不面對着他們的文章而嗟歎感傷的，在心裏又不能清楚地説明。本來知道把生死等同的説法是不真實的，把長壽和短命等同起來的説法是妄造的。後人看待今人，也就像今人看待前人。可悲呀！所以一個一個記下當時與會的人，錄下他們所作的詩篇。縱使時代變了，事情不同了，人們因此而產生的思緒，他們的思想情趣是一樣的。後世的讀者，也將對這次集會的詩文有所感慨。

日益精進

蘭亭

　　蘭亭位於紹興市西南部，離市區約 13 公里。這個古樸典雅的園子雖然不大，卻為中外遊人所矚目。據歷史記載，公元 353 年（東晉永和九年）三月三日，時任會稽內史的王羲之邀友人謝安、孫綽等名流及親朋共 40 餘人在此舉辦修禊集會，王羲之「微醉之中，振筆直遂」，寫下了著名的《蘭亭集序》。

普通話朗讀

6

滕王閣序

王勃

姓名	王勃
別稱	字子安
出生地	絳州龍門縣（今山西省河津市）
生卒年	公元 649—676 年

唐朝

政務能力 👍👍👍

授朝散郎　沛王（李賢）府修撰　後授虢州參軍　因私殺官奴二次被貶

文學造詣 👍👍👍👍👍

儒客大家　文中子王通之孫　與楊炯、盧照鄰、駱賓王共稱「初唐四傑」　標誌着初唐賦體的繁榮

學術造詣 👍👍👍👍

思想人格交融儒、釋、道多種文化因子　主張「立言見志」「文章經國之大業」

生命指數 👍👍

28 歲

楊炯　駱賓王　王勃　　盧照鄰

初唐之首，不廢江河萬古流

公元 649 年的初唐，一位「神童」呱呱落地，六歲作詩，九歲批注《漢書》，不到二十歲便受封「朝散郎」，成為年齡最小的朝廷命官，寫下「海內存知己，天涯若比鄰」的詩句，創作《滕王閣序》，也為世間留下了一個千古遺憾，他就是「初唐四傑」之首 —— 王勃。

《滕王閣序》是王勃臨場之作，他即興發揮，文不加點，一揮而就，全文韻律鏗鏘、瑰麗壯闊、典故豐厚，達到千古名篇的水準。

他的一生很短，年少以才高名天下，卻又在志得意滿之時急轉直下。作為一個生命，王勃只是一現的曇花；但作為一位詩人，他如月光般散發永恆的皎潔。初唐的詩壇，因他的名字而堅挺勃發，並由此誕生了更多朝氣蓬勃的新生命。

❶ 豫章故郡，洪都新府。星分翼軫（zhěn），地接衡廬。襟三江而帶五湖，控蠻荊而引甌（ōu）越。物華天寶，龍光射牛斗之墟；人傑地靈，徐孺（rú）下陳蕃之榻。雄州霧列，俊采星馳。台隍枕（huáng）夷夏之交，賓主盡東南之美。

翼、軫、牛、斗：星宿名。

甌越：泛指古代的東甌、閩越、南越等地，相當於現在的浙江南部，福建、廣東、廣西等地。

物華天寶：物的精華就是天的珍寶。　　**龍光**：指寶劍的光輝。　　**枕**：倚，據。

　　這裏是漢代的豫章郡城，如今是洪州的都督府，天上的方位屬於翼、軫兩星宿的分野，地上的位置接近衡山和廬山。以三江為衣襟，以五湖為衣帶，控制着楚地，連接着甌越。這裏物產的華美，有如天降之寶，其光彩上衝牛斗之宿。這裏人中有英杰，土地有靈秀之氣，陳蕃專為徐孺設下几榻。洪州境內的建築如雲霧排列，有才能的人士如流星一般奔馳驅走。城池臨近中原與南夷的交界之處，賓客與主人囊括了東南地區最優秀的人物。

日益精進

滕王閣

　　江南三大名樓之一，位於江西省南昌市西北部，始建於唐永徽四年（公元 653 年），因唐太宗李世民之弟 —— 滕王李元嬰始建而得名，又因初唐詩人王勃詩句「落霞與孤鶩齊飛，秋水共長天一色」而流芳後世。滕王閣與湖北武漢的黃鶴樓、湖南岳陽的岳陽樓並稱為「江南三大名樓」。歷史上的滕王閣先後共重建達 29 次之多，屢毀屢建。

都督閻公之**雅望**，**棨戟**^{qǐ jǐ}遙臨；宇文新州之

懿範^{yì} ，襜^{chān}帷暫駐。十旬休假，勝

友如雲；千里逢迎，高朋滿座。騰蛟起鳳

 ，孟學士之詞宗；紫電清霜，王將軍

之武庫。家君作宰，路出名區；童子何知，

躬逢勝餞^{jiàn}。

雅望：崇高聲望。 **棨戟**：外有赤黑色繒作套的木戟，古代大官出行時用作前導的一種儀仗。
懿範：美好的風範。

都督閻公，享有崇高的名望，遠道來到洪州做官，宇文州牧，是美德的楷模，赴任途中在此暫留。正逢十日休假的日子，傑出的友人雲集，高貴的賓客，也都不遠千里來到這裏聚會。文壇上眾望所歸的孟學士，文章的辭采有如蛟龍騰空，鳳凰飛起；王將軍的武庫裏，刀光劍影，如紫電，如清霜。由於父親在交趾做縣令，我便在探親途中經過這個著名的地方。我年幼無知，竟有幸親身參加了這次盛大的宴會。

日益精進

交趾

又名「交址」，中國古代地名。公元前 111 年，漢武帝滅南越國，並在今越南北部地方設立交趾、九真、日南三郡，實施直接的行政管理；交趾郡治交趾縣即位於今越南河內。後來漢武帝在全國設立十三刺史部時，將包括交趾在內的七個郡分為交趾刺史部，後世稱為「交州」。

❷ 時**維**九月，序屬三秋。**潦水**盡而寒潭

清，煙光凝而暮山紫。儼**驂騑**於上

路，訪風景於 崇 阿；臨帝子之長洲，得天

人之舊館。層巒聳翠，上出重霄；飛閣流

丹，下臨無地。鶴汀鳧渚，窮島嶼

之**縈迴**；桂殿蘭宮，即岡巒之體勢。

維：句中語氣詞。　**潦水**：蓄積的雨水。　**驂騑**：駕車兩旁的馬。　**崇阿**：高大的山陵。
縈迴：曲折。

②

　　正當深秋九月之時，雨後的積水消盡，寒涼的潭水清澈，天空凝結着淡淡的雲煙，暮靄中山巒呈現一片紫色。在高高的山路上駕着馬車，在崇山峻嶺中訪求風景。來到昔日帝子的長洲，找到仙人居住過的宮殿。重重疊疊的山峯聳起一片蒼翠，向上超出雲霄。凌空的閣道，朱紅的漆彩鮮豔欲滴，從閣上看不到地面。仙鶴野鴨栖止的平地小洲，極盡島嶼的紆曲迴環之勢；華麗威嚴的宮殿，依憑起伏的山巒而建。

日益精進

三秋

　　古人稱七、八、九月為孟秋、仲秋、季秋，三秋即季秋，九月。

3

披繡闥 ，俯雕甍  ，山原

曠其盈視，川澤紆其駭矚。閭閻撲地，鐘鳴

鼎食之家；舸艦彌津，青雀黃龍之舳。雲銷

雨霽，彩徹區明。落霞與孤鶩  齊

飛，秋水共長天一色。漁舟唱晚，響窮彭

蠡之濱；雁陣驚寒，聲斷衡陽之浦。

繡闥：繪飾華美的門。　雕甍：雕飾華美的屋脊。　紆：迂迴曲折。

駭矚：對所見的景物感到驚異。　孤鶩：孤單的野鴨。　彭蠡：古代大澤，即現在的鄱陽湖。

3

　　推開雕花精美的閣門，俯視彩飾的屋脊，山嶺和平原使人們的整個視野變得很開闊，河流和湖澤使那些凝望的人驚訝它們的曲折非常。遍地是小巷屋宅，許多鐘鳴鼎食的富貴人家；舸艦塞滿了渡口，盡是雕上了青雀黃龍花紋的大船。雲消雨停，陽光普照，天空晴朗；落日映射下的彩霞與孤獨的野鴨一齊飛翔，秋天的江水與遼闊的天空連成一片，渾然一色。傍晚時分，漁夫在漁船上歌唱，那歌聲響徹彭蠡湖濱；深秋時節，雁羣在一片寒意之中，發出驚叫，哀鳴一直綿延到衡陽的水濱。

日 益 精 進

鄱陽湖

　　古稱彭蠡、彭蠡澤、彭澤，位於江西省北部，地處九江、南昌、上饒三市，是中國第一大淡水湖，也是中國第二大湖，僅次於青海湖。鄱陽湖在調節長江水位、涵養水源、改善當地氣候和維護周圍地區生態平衡等方面都起着巨大的作用。

❹
遙襟<ruby>甫<rt></rt></ruby>暢，逸興<ruby>遄<rt>chuán</rt></ruby>飛。爽籟發而清風生，纖歌凝而白雲<ruby>遏<rt>è</rt></ruby>。<ruby>睢<rt>suī</rt></ruby>園綠竹，氣凌彭澤之樽；<ruby>鄴<rt>yè</rt></ruby>水朱華，光照臨川之筆。四美具，二難並。窮<ruby>睇眄<rt>dì miǎn</rt></ruby>於中天，極娛遊於暇日。天高地<ruby>迥<rt>jiǒng</rt></ruby>，覺宇宙之無窮；興盡悲來，識盈虛之有數。

甫：剛，頓時。　**遄**：迅速。　**遏**：阻止，這裏指被高入雲霄的歌聲阻止住。
睇眄：看。　**迥**：遙遠。

4 　放眼遠望，胸襟剛感到舒暢，超逸的興致立即興起。排簫的音響引來的徐徐清風，柔美輕細的歌聲慢慢拉長而流動的白雲被高入雲霄的歌聲阻止住。像睢園竹林的聚會，這裏善飲的人酒量超過彭澤縣令陶淵明；像鄴水讚詠蓮花，這裏詩人的文采勝過臨川內史謝靈運。（音樂與飲食，文章和言語）這四種美好的事物都已經齊備，（良辰美景、賞心樂事）這兩個難得的條件合併了，向天空中極目遠眺，在閒暇日子裏盡情歡娛。蒼天高遠，大地寥廓，令人感到天地的無邊無際。歡樂逝去，悲哀襲來，意識到萬事萬物的消長興衰是有定數的。

（日）（益）（精）（進）

謝靈運

　　（385 年— 433 年），原名公義，字靈運，生於會稽郡始寧縣（今浙江上虞），南北朝時期詩人、佛學家、旅行家。謝靈運少即好學，博覽羣書，工詩善文。其詩與顏延之齊名，並稱「顏謝」，是第一位全力創作山水詩的詩人。他還兼通史學，擅書法，曾翻譯外來佛經，並奉詔撰《晉書》。明人輯有《謝康樂集》。

望長安於日下，目吳會於雲間。

地勢極而南 溟 深，天柱高而北辰遠。關山

難越，誰悲失路之人？**萍水相逢**，盡是他鄉

之客。懷**帝閽**而不見，奉宣室以何年？

⑤　　　嗟乎！**時運不齊**，命途多舛。馮唐易

老，李廣難封。屈賈誼於長沙，非

無聖主；竄梁鴻於海曲，豈乏明時？

萍水相逢：浮萍隨水漂泊，聚散不定。比喻向來不認識的人偶然相遇。

帝閽：原指天帝的守門人。此處借指皇帝的宮門奉宣室，代指入朝做官。

時運不齊：命運不好。不齊，有蹉跎，有坎坷。

遠望長安沉落到夕陽之下，遙看吳郡隱現在雲霧之間。地理形勢極為偏遠，南方大海特別幽深，崑崙山上天柱高聳，紗紗夜空北極遠懸。關山重重難以越過，有誰同情我這不得志的人？偶然相逢，滿座都是他鄉的客人。懷念着君王的宮門，但卻不被召見，我甚麼時候才能像賈誼那樣，到宣室侍奉君王呢？

5 　　唉！各人的時機不同，人生的命運多有不順。馮唐易衰老，李廣立功無數卻難得封侯。讓賈誼這樣有才華的人屈居於長沙，並不是當時沒有明君，讓梁鴻逃匿到齊魯海濱，不恰恰是在政治昌明的時代嗎？

日益精進

賈誼

　　西漢初年著名政論家、文學家，世稱賈生。賈誼少有才名，文帝時任博士，遷太中大夫，受排擠，謫為長沙王太傅，故後世亦稱賈長沙、賈太傅。三年後被召回長安，為梁懷王太傅。梁懷王墜馬而死，賈誼深自歉疚，抑鬱而亡，時僅33歲。司馬遷對屈原、賈誼都寄予同情，為二人寫了一篇合傳《屈原賈生列傳》。

所賴君子見機，達人知命。老當益壯，寧移白首之心？窮且益堅，不**墜**青雲之志。酌貪泉而覺爽，處涸轍以猶歡。北海雖賖，扶搖可接；**東隅已逝，桑榆非晚**。孟嘗高潔，空餘報國之情；阮籍猖狂，豈效窮途之哭？

墜：失。

東隅已逝，桑榆非晚：早年的時光雖已消逝，如果珍惜時光，發憤圖強，晚年並不晚。
東隅，日出處，表早晨，引申為「早年」。桑榆，日落處，表傍晚，引申為「晚年」。

只不過是君子能從事物的預兆中看出事物的動向，通達之人看透了自己命運罷了。年歲雖老而心猶壯，怎能在白頭時改變雄心壯志？境遇雖困窘而意志更加剛強，在任何情況下也不放棄自己的凌雲之志。即使喝了貪泉的水，心境依然清爽廉潔；即使身處於乾涸的車轍中，胸懷依然開朗愉快。北海雖然遙遠，乘着旋風仍然可以到達；晨光雖逝，珍惜黃昏卻為時不晚。孟嘗君心性高潔，但卻空有一腔愛國熱忱；阮籍為人放縱不羈，我們怎能學他那種走到窮途哭泣的情狀呢！

日益精進

阮籍

三國時期魏國詩人，與嵇康、山濤、劉伶、王戎、向秀、阮咸諸人，共為「竹林之遊」，史稱「竹林七賢」。

6 　勃，**三尺微命**，一介書生。無路請纓，

等終軍之**弱冠** ；有懷投筆，慕宗慤之長

風。捨**簪笏**（zān hù）於**百齡**，奉晨昏於萬里。非謝家

之寶樹，接孟氏之芳鄰。他日**趨庭**，叨陪鯉

對；今茲**捧袂**（mèi），喜託龍門 。楊意不逢，

撫凌雲而自惜；鍾期既遇 ，奏

流水以何慚？

三尺微命：指地位低下。　**弱冠**：二十至二十九歲之間的男子。

簪笏：冠簪、手版。官吏用物，這裏代指官職。　**百齡**：百年，猶「一生」。

趨庭：快步走過庭院，這裏是表示對長輩的恭敬。

捧袂：舉起雙袖作揖。指謁見閻公。袂，衣袖。

　　我地位卑微，只是一介書生。雖然和終軍（西漢著名政治家、外交家）年齡相等，卻沒有報國的機會；像班超那樣有投筆從戎的豪情，也有宗愨乘風破浪的壯志。如今我拋棄了一生的功名，不遠萬里去朝夕侍奉父親。雖然不是謝玄那樣的人才，但也和許多賢德之士相交往。過些日子，我將到父親身邊，像孔鯉那樣接受父親的教誨；而今天我能謁見閻公受到接待，高興得如同登上龍門一樣。假如碰不上楊得意那樣引薦的人，就只有撫摸着自己的文章而自我歎惜。既然已經遇到了鍾子期，就彈奏一曲《流水》又有甚麼羞愧呢？

日益精進

高山流水

　　此典故最早見於《列子・湯問》，比喻知己或知音，也比喻樂曲高妙。傳說先秦的琴師伯牙一次在荒山野地彈琴，樵夫鍾子期竟能領會這是描繪「峨峨兮若泰山」和「洋洋兮若江河」。伯牙驚道：「善哉，子之心而與吾心同。」鍾子期死後，伯牙痛失知音，摔琴絕弦，終生不彈。該典故有樂曲高妙、相知可貴、知音難覓、痛失知音、閒適情趣等典義。

7 　　嗚乎！勝地不常，盛筵難再，蘭亭已

矣，梓澤丘墟。臨別贈言，幸承恩於偉餞^{jiàn}；

登高作賦，是所望於羣公。**敢竭鄙懷，恭疏**

短引　　　　　；一言均賦，四韻俱成。**請灑潘**

江，各傾陸海云爾　　　　　。

敢竭鄙懷，恭疏短引：只是冒昧地盡我微薄的心意，恭敬地陳述出這篇短短的序。
請灑潘江，各傾陸海云爾：請各位賓客竭盡文才，寫出好作品。潘岳、陸機是晉朝人，
鍾嶸的《詩品》中道「陸（機）才如海，潘（岳）才如江」。

7

　　唉！名勝之地不能常存，盛大的宴會難有第二次。蘭亭集會的盛況已成陳跡，石崇的梓澤也變成了廢墟。承蒙閻都督恩賜，讓我臨別時作了這一篇序文，至於登高作賦，這只有指望在座諸公了。我只是冒昧地盡我微薄的心意，恭敬地陳述出這篇短序。（請）每個人都按自己分得的韻字賦詩，我自己的這首已經寫成了。請各位像潘岳、陸機那樣，展現如江海般浩瀚的文才吧。

日 益 精 進

陸機

　　字士衡，吳郡吳縣（今江蘇蘇州）人。西晉著名文學家、書法家。陸機「少有奇才，文章冠世」，詩重藻繪排偶，駢文亦佳。與弟陸雲俱為西晉著名文學家，被譽為「太康之英」。與潘岳同為西晉詩壇的代表，形成「太康詩風」，世有「潘江陸海」之稱。

普通話朗讀

師説

韓愈

姓名	韓愈
別稱	字退之，自稱郡望昌黎，世稱韓昌黎、昌黎先生
出生地	河南河陽（今河南省孟州市）
生卒年	公元 768—824 年

唐朝

文學造詣 👍👍👍👍👍

「唐宋八大家」之首　「百代文宗」
著有《韓昌黎集》　詩歌亦有特色

思想貢獻 👍👍👍👍👍

倡導「古文運動」　復興儒學

教學能力 👍👍👍👍👍

國子監任博士　親授學業　桃李滿天下

生命指數 👍👍👍

57 歲

整個樓層就你們班聲音最大!

終於當上了大學教授的韓博士

　　韓愈三十五歲這一年，輾轉經人介紹，終於在國子監裏獲得了一個四門博士的位置。所謂博士，並不是一個學位，而是一種官職，職責是講學。四門博士負責招收五品以下、七品以上官員子弟，也招收一部分平民子弟。也可以這樣說，韓愈成了唐朝國立大學裏的一位教授。

　　雖然後來韓愈的官職有不少變更，但他自己最欣然接受的卻是教書匠這個身份。四門博士的品級低，俸祿少得可憐，根本不夠他養活一大家子人，但韓愈安貧樂道，提攜後生，很快桃李滿天下。可當時的唐代，士大夫之族不僅恥於為師，而且攻擊勇於為師的人，韓愈就是在這樣的境遇下，寫下了千古流傳的名篇《師說》，吹響了尊師重道的號角。

1　古之學者必有師。師者，**所以傳道受業**解惑也。人非生而知之者，孰能無惑？惑而不從師，其為惑也，終不解矣。生乎吾前，其聞道也固先乎吾，吾**從而師之**；生乎吾後，其聞道也亦先乎吾，吾從而師之。吾師道也，夫**庸**知其年之先後生於吾乎？是故無貴無賤，無長無少，道之所存，師之所存也。

所以：⋯⋯的憑藉，用來⋯⋯的。　**受**：通「授」，傳授。
業：泛指古經、史、諸子之學及古文寫作。
從而師之：跟從（他），拜他為老師。師，意動用法，以⋯⋯為師。
庸：語氣詞，指「難道」。

① 　　古代學習的人必定有老師。老師，是用來傳授道理、講授學業、解除疑惑的人。人不是一生下來就懂得道理的，誰能沒有疑惑？有了疑惑，卻不跟老師學習，他們所產生的疑惑，就始終無法解除了。出生在我之前的人，他懂得的道理本來就比我早，我跟從他，拜他為老師；出生在我之後的人，如果他懂得道理也比我早，我也跟從他，拜他為師。我是向他學習道理的，難道（用）知道他的年齡比我大還是比我小嗎？因此，無論高低貴賤，無論年長年幼，道理存在的地方，就是老師所在的地方。

日益精進

「人非生而知之者」出處

　　《論語・季氏》：「生而知之者，上也；學而知之者，次也；困而學之，又其次之；困而不學，民斯為下矣。」

❷ 　　嗟乎！師道之不傳也久矣！欲人之無惑

也難矣！古之聖人，其**出人**也遠矣，**猶且**

從師而問焉；今之**眾人**，其**下聖人**

也亦遠矣，而**恥學於師**。是故聖益聖，

愚益愚。聖人之所以為聖，愚人之所以為

愚，其皆出於此乎？

出人：超出於眾人之上。　**猶且**：尚且。　**眾人**：普通人，一般人。

下聖人：即下於聖人，指低於聖人。

恥學於師：以向老師學習為恥。恥，以……為恥。

❷ 　唉！古代從師學習的風尚不流傳已經很久了，想要人沒有疑惑很難啊！古代的聖人，他們超出一般人很遠，尚且要跟從老師請教；現在的一般人，他們才智遠不及聖人，卻以向老師學習為恥。因此，聖人更加聖明，愚人更加愚昧。聖人之所以成為聖人，愚人之所以成為愚人，大概都是這個原因吧！

日益精進

「師道之不傳」

　　古代從師的傳統不流傳已經很久了。唐代雖然推行科舉制度，但實際上高門望族不必刻苦學習便可以通過進士考試，有的甚至不必通過進士考試便可世襲官職，正因為能以如此輕鬆的方式走上仕途，他們便不可能積極地去獎掖後進，更不可能推崇前輩了。

愛其子，擇師而教之；**於其身**也，則

恥師焉，**惑矣**。彼童子之師，授之書而習其

jù dòu
句讀者，非吾所謂傳其道解其惑者也。句讀

fǒu
之不知，惑之不解，**或師焉**，**或不焉**，小學

yí
而大遺，吾未見其明也。

於其身：對於他自己。身，自身、自己。　**惑矣**：(真是) 糊塗啊！

句讀：也叫句逗，古人指文辭休止和停頓處。

或師焉，或不焉：有的 (指「句讀之不知」這樣的小事) 從師，有的 (指「惑之不解」這樣的大事) 不從師。不，通「否」。

（有的人）愛自己的孩子，挑選老師來教他，對於他自己卻以跟從老師學習為恥辱，真是糊塗啊！那些教孩童的啟蒙老師，教孩子們讀書，學習書中的文句停頓，並不是我所說的那些傳授道理、解除求學者疑惑的人。不知句子停頓，知道去問老師，有疑惑不能解除，卻不願請教老師；學習了小的方面，大的求教之道卻丟棄了。我沒覺得他有多麼明智。

日益精進

句讀

　　也叫句逗，古人指文辭休止和停頓處。文辭意盡處為句，語意未盡而須停頓處為讀（逗）。古代書籍上沒有標點，老師教學童讀書時要進行句讀（逗）的教學。

巫醫樂師  百工之人，不恥相師

。士大夫之族，曰師曰弟子云者，則羣

聚而笑之 。問之，則曰：「彼與彼年

相若也，道相似也，位卑則足羞 ，官盛

則近諛 。」

巫醫：古時巫、醫不分，巫的職業以祝禱、占卜為主，也用藥物等為人治病。

百工：各種工匠。　**相師**：拜別人為師。

位卑則足羞，官盛則近諛：以地位低的人為師就感到羞恥，以高官為師就近乎諂媚。足，可，夠得上。盛，高大。諛，諂媚。

巫醫、樂師、各種工匠這些人，不以向別人拜師為恥辱。士大夫這一類人，聽到稱「老師」稱「弟子」的人，就聚在一起嘲笑他們。問他們原因，就說：「他和他年齡差不多，懂得的道理也差不多。把地位低的人當作老師，就足以感到恥辱；把官職高的人當作老師，就近於諂媚了。」

日益精進

《師說》的創作背景

　　韓愈是在三十五歲時寫下《師說》的，當時他剛進入國子監，為四門博士，但他此時早已成名，並一直在推行「古文運動」。《師說》雖是寫給李蟠的，但其實是在抨擊當時「士大夫之族」恥於從師的風氣，也是在駁斥誹謗「古文運動」的人。

嗚呼！師道之不復可知矣。巫醫樂師百工之人，君子不齒，今其智乃反不能及，其可怪也歟！

不齒：不屑與之同列，即看不起。或作「鄙之」。

唉！由此就知道，求師的風尚難以恢復！巫醫、樂師、各種工匠，君子不（願意與他們）同列，可是現在他們的智慧卻反而比不上這些人了，這真是奇怪啊！

（日）（益）（精）（進）

韓愈與教育

　　韓愈做過兩次國子監博士，一次四門博士，一次國子監祭酒，被他指導教授的學生，皆稱「韓門弟子」。其中有《早春呈水部張十八員外》中的張籍、《答胡生書》中的胡直鈞、《答李翊書》中的李翊、為之作《師說》的李蟠，還有大詩人李賀、賈島、李紳等。

3 聖人無常師。孔子師郯子、萇弘（cháng）、師襄、老聃（dān）。郯子之徒，其賢不及孔子。孔子曰：三人行，則必有我師。是故弟子不必不如師，師不必賢於弟子，聞道有先後，術業有專攻，如是而已。

聖人無常師：聖人沒有固定的老師。常，固定的。

郯子、萇弘、師襄、老聃：郯子，春秋時郯國的國君。萇弘，周敬王時的大夫。師襄，春秋時魯國的樂官。老聃，老子。孔子都曾向他們求教。

三人行，則必有我師：三人同行，其中必定有我的老師。《論語‧述而》原話：「子曰：『三人行，必有我師焉。擇其善者而從之，其不善者而改之。』」

術業有專攻：在學問上各有自己的專門研究。攻，學習、研究。

3 聖人沒有固定的老師。孔子曾以郯子、萇弘、師襄、老聃為師。郯子這些人，他們的賢能都比不上孔子。孔子說：「三個人一起走，其中一定有可以當我的老師的人。」因此學生不一定不如老師，老師不一定就勝過學生，聽到的道理有早有晚，學問上各自有（自己的）專門致力研究的，如此罷了。

日益精進

老子

姓李名耳，字聃，春秋時期人，中國古代思想家、哲學家、文學家和史學家，道家學派創始人和主要代表人物，與莊子並稱「老莊」。老子的思想核心是樸素的辯證法。在政治上，老子主張無為而治、不言之教。在權術上，老子講究物極必反之理。在修身方面，老子是道家性命雙修的始祖，講究虛心實腹、不與人爭的修持。

④　李氏子蟠，年十七，好 古文，

六藝經 傳 皆通習之，**不拘於時**，學於余。

余嘉 其能行古道，作《師說》以貽之

 。

通：普遍。　**不拘於時**：指不受當時以求師為恥的不良風氣的束縛。時，時俗，指當時士

大夫中恥於從師的不良風氣。於，被。　**嘉**：讚許，嘉獎。

4 　　李家的孩子蟠，年齡十七，喜歡古文，六經的經文和傳文都普遍地學習了，不被時俗所拘束，向我學習。我讚許他能夠遵行古人從師的途徑，寫這篇《師說》來贈送給他。

日益精進

六藝

　　指六經，即《詩》《書》《禮》《樂》《易》《春秋》六部儒家經典。

普通話朗讀

阿房宮賦

杜牧

姓名	杜牧
別稱	字牧之，號樊川居士，世稱杜樊川
出生地	京兆萬年（今陝西省西安市）
生卒年	公元 803—852 年

政務能力 👍👍👍👍

任監察御史　膳部員外郎　後遷中書舍人

才藝指數 👍👍👍👍👍

以七言絕句著稱　人稱「小杜」
與李商隱並稱「小李杜」　著有《樊川文集》

生命指數 👍👍👍

50 歲

杜郎俊賞，難賦深情

公元 803 年，這世界又多了一位大師，他就是唐代詩歌史上的代表人物 —— 杜牧。十六歲自注《孫子兵法》十三篇，二十歲熟讀史書千百卷，二十三歲寫出《阿房宮賦》，此後的歲月，他與杜甫合稱「大小杜」，與李商隱並稱「小李杜」。

他的杏花村，是詩人天涯孤旅中的一處歇腳地；他的銅雀台，打撈起沉埋江底六百多年的風雲；他的秦淮一夜，看岸上燈火輝煌，內心悵惘；他的紅塵一騎，重重懸念，層層伏筆，一笑點染，留千古慨歎。

然而，杜牧終究沒能實現人生理想，中年沉溺酒色，落拓半生。49 歲，他一病不起，僅留畢生所著十之二三，其餘付之一炬。他的一生正如他自己所書：「曉迎秋露一枝新，不佔園中最上春。桃李無言又何在，向風偏笑豔陽人！」

① 六王畢，四海一，蜀山**兀**，阿房出。覆壓三百餘里，隔離天日。驪山北構而西折，直走咸陽。二川**溶溶** ，流入宮牆。

五步一樓，十步一閣；廊腰**縵迴**，簷牙高啄；各抱地勢，**鉤心鬥角**。盤盤焉，**囷囷**焉，

蜂房 水渦，矗不知其幾千萬落。

兀：光禿，這裏形容山上樹木已被砍伐淨盡。 **溶溶**：水流盛大的樣子。

縵迴：舒緩地迂曲。縵，縈繞，這裏作「迴」的狀語。

鉤心鬥角：指宮室結構的參差錯落，精巧工致。 **囷囷**：曲折迴旋的樣子。

❶　六國滅亡，四海統一；蜀地的山變得光禿禿了，阿房宮建造出來了。它從渭南到咸陽覆蓋了三百多里地，宮殿高聳，遮天蔽日。它從驪山北邊建起，折而向西，一直通到咸陽。渭水、樊川浩浩蕩蕩，流進了宮牆。五步一座樓，十步一個閣，走廊長而曲折，突起的屋檐像鳥嘴向上撅起。（樓閣）各自依着地形，四方向核心攢聚，又互相爭雄鬥勢。樓閣盤結交錯，曲折迴旋，如密集的蜂房，如旋轉的水渦，高高地聳立着，不知道它有幾千萬個院落。

日益精進

鈎心鬥角

　　原指宮室建築結構的交錯，設計巧妙，錯落參差。後用來比喻各用心機，互相排擠，明爭暗鬥。這個詞屬於古今異義。現也作勾心鬥角。

長橋臥波，未雲何龍？複道行空，不

jì

霽何虹？高低冥迷，不知西東。歌台

暖響，春光融融；舞殿冷袖，風雨淒

淒。一日之內，一宮之間，而氣候不齊。

霽：雨後天晴。　　**冥迷**：幽深迷離，模糊不清。　　**融融**：和煦，暖和的樣子。

舞殿冷袖，風雨淒淒：人們在殿中舞蹈，舞袖飄拂，好像帶來寒氣，如同風雨交加那樣淒冷。

長橋橫臥水波上，天空沒有起雲，何處飛來了蒼龍？複道飛跨天空中，不是雨後剛晴，怎麼出現了彩虹？房屋忽高忽低，幽深迷離，使人不能分辨東西。台上由於（人們）歌唱呼出的氣而暖起來，就像春光那樣和煦；大殿由於（舞者）舞袖引起的風而冷起來，有如風雨交加般寒涼。一天之中，一宮之內，氣候卻不盡相同。

長橋臥波，未雲何龍

　　意為長橋臥在水上，沒有雲怎麼（出現了）龍？《易經》有「雲從龍」的話，所以人們認為有在天翱翔的飛龍的話，就應該有雲。該句化用典故，用故作疑問的語氣，形容長橋似龍。

❷ 妃嬪媵嬙（fēi pín yìng qiáng），王子皇孫，辭樓下殿，

輦（niǎn）來於秦。朝歌夜弦（xián），為秦宮人。明星熒

熒，開妝鏡也；綠雲擾擾，梳曉鬟也；

渭流漲（zhǎng）膩，棄脂水也；煙斜霧

橫，焚椒蘭也。雷霆乍驚，宮車過也；轆轆（lù lù）

遠聽，杳（yǎo）不知其所之也。一肌一容，盡態

極妍，縵立遠視，而望幸焉。有不見者，

三十六年。

妃嬪媵嬙：統指六國王侯的宮妃。

輦來於秦：用車運載着來到秦國。輦，用車運，運載。

漲膩：漲起了（一層）脂膏。 　**杳**：深遠，形容聲音的遙遠。

縵立：久立。縵，通「漫」，長久。

2

　　六國的妃嬪侍妾、王子皇孫，離開自己的宮殿，用車運載着來到秦國，他們早上歌唱，晚上奏樂，成為秦國的宮人。繁星輝映晶瑩閃爍，那是宮妃們打開了梳妝的鏡子；烏青雲朵紛紛擾擾，這是宮妃們在梳理晨妝的髮髻；渭水漲起一層脂膏，這是宮妃們倒掉的胭脂的水；煙靄斜斜上升，雲霧橫繞空際，那是宮女們燃起了椒蘭在薰香。雷霆突然震響，這是宮車駛過去了；轆轆車聲遠遠逝去，無影無蹤，不知道它去到哪裏。她們每一片肌膚，每一種容顏，都美麗嬌媚得無以復加。宮妃們久久地站立，遠遠地凝望，盼望被始皇所寵愛。有的宮女竟整整三十六年沒能見到皇帝。

日益精進

三十六年

　　指秦始皇在位共三十六年。按秦始皇二十六年（前 221 年）統一中國，到三十七年（前 209 年）死，做了十二年皇帝。這裏説三十六年，是舉其在位年數，形容時間長。

燕趙之收藏，韓魏之經營，齊楚之精英，幾

世幾年，**剽**掠其人 ，**倚疊**如山，一

旦不能有，輸來其間。鼎 **鐺**  玉石，

金塊 珠礫 ，棄擲**邐迤**，秦人視

之，亦不甚惜。

剽：搶劫，掠奪。　　**倚疊**：指堆積。　　**鐺**：平底的淺鍋。

邐迤：連續不斷。這裏有「連接着」「到處都是」的意思。

燕趙、韓魏收藏的金玉珍寶，齊國楚國挑選的精粹珍品，是諸侯世世代代從他們的子民那裏掠奪來的，堆疊得像山一樣。一旦國破家亡，這些再也不能（被諸侯）佔有了，都運送到阿房宮裏來。寶鼎被當作鐵鍋，美玉被當作頑石，黃金被當作土塊，珍珠被當作沙礫，丟棄得到處都是，秦人看見這些被扔的東西，並不十分愛惜。

鐺

　　讀 dāng 時，可作為名詞使用，意為金屬製作的物品，如銀鐺（鎖繫囚人的鐵索），「足履革屣，耳懸金鐺」（女子的耳飾）；也可作為象聲詞使用，指撞擊鐘發出的聲音。

　　讀 chēng 時，指烙餅或做菜用的平底淺鍋，如餅鐺；也可指溫器，如酒鐺、茶鐺。

3 嗟乎！一人之心，千萬人之心也。秦愛紛奢，人亦念其家。奈何取之盡錙銖（zī zhū），用之如泥沙？使負棟之柱，多於南畝之農夫；架梁之椽，多於機上之工女；釘頭磷磷，多於在庾（yǔ）之粟粒；瓦縫參差，多於周身之帛縷；直欄橫檻（héng jiàn），多於九土之城郭；管弦嘔啞（ōu yā），多於市人之言語。使天下之人，不敢言而敢怒。獨夫之心，日益驕固。戍卒（shù）叫，函谷舉，楚人一炬，可憐焦土！

錙銖：古代重量單位，錙、銖連用，比喻極微小的東西。
磷磷：水中石頭突出的樣子。這裏形容突出的釘頭。
庾：露天的穀倉，這裏泛指穀倉。
獨夫：失去人心而極端孤立的統治者，這裏指秦始皇。
戍卒叫：指陳勝、吳廣起義。

③ 　唉，一個人的意願，也就是千萬人的意願啊。秦皇喜歡繁華奢侈，人民也只顧念他們自己的家。為甚麼掠取珍寶時連一錙一銖都搜刮乾淨，耗費起珍寶來竟像對待泥沙一樣？致使承擔棟樑的柱子，比田地裏的農夫還多；架在樑上的椽子，比織機上的女工還多；（宮門上）的釘頭光彩耀目，比糧倉裏的粟粒還多；瓦楞長短不一，比全身的絲縷還多；縱橫交錯的欄杆，比九州的城牆還多；管弦的聲音嘈雜，比市民的言語還多。這樣就使天下的人民，口裏不敢說，心裏卻積滿了憤怒。可是失盡人心的秦始皇的心，一天天更加驕傲頑固。結果戍邊的陳涉、吳廣率眾作亂，函谷關被（劉邦）攻下，楚兵（點起）一把大火，可惜了那座阿房宮，化為一片焦土！

日益精進

吳廣

　吳廣，字叔，陳郡陽夏縣（今河南太康縣）人。秦朝末年農民起義領袖。與陳勝起義後，自領都尉。公元前 208 年，為部將田臧所害。

4

嗚呼！滅六國者六國也，非秦也；族秦者秦也，非天下也。嗟乎！**使**六國各愛其人，則足以拒秦 ；使秦復愛六國之人，則**遞**三世可至萬世而為君，誰得而**族滅**也？秦人**不暇**自哀，而後人哀之 ；後人哀之而不鑑之，亦使後人而復哀後人也。

使：假使。　**遞**：傳遞，這裏指王位順着次序傳下去。　**族滅**：將其家族滅亡。
不暇：來不及。

④ 唉！使六國滅亡的是六國自己，不是秦國啊。使秦王室滅族的是秦王朝自己，不是天下的人啊。可歎！假使六國各自愛護它們的人民，就完全可以依靠人民來抵抗秦國。假使秦王朝能愛護六國的人民，那麼皇位就可以傳到三世，甚至可以傳到萬世做皇帝，誰能夠將其家族滅亡呢？秦人來不及哀悼自己，後人替他們哀傷；如果後人哀悼他們，卻不把他們作為鑑誡而吸取教訓，也只會使後代的後代再來哀悼啊。

戰國七雄

戰國七雄之中，秦國與其他六國以崤山為界，除了秦國在崤山以西之外，其餘的六國均在崤山以東。因此這六國又稱「山東六國」。六國指的是戰國時期除秦國以外的齊國、楚國、燕國、韓國、趙國、魏國。六國與秦國並稱為戰國七雄。

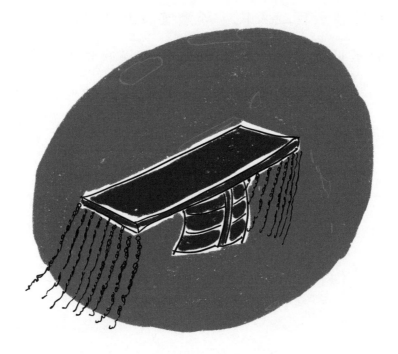

普通話朗讀

9

岳陽樓記

范仲淹

姓名	范仲淹
別稱	字希文，諡號文正
出生地	蘇州吳縣（今江蘇省蘇州市）
生卒年	公元 989—1052 年

政務能力 👍👍👍👍👍

修繕水利　實施新政

軍事實績 👍👍👍👍👍

築城修寨　積極防禦

文學造詣 👍👍👍👍👍

散文、詩歌、詞賦，均有卓越成就　《岳陽樓記》
《漁家傲·秋思》《蘇幕遮·懷舊》《御街行·秋日懷舊》

才藝指數 👍👍👍👍👍

書法家，端勁秀麗，有「一代墨寶」美譽

生命指數 👍👍👍👍

64 歲

寧鳴而死，不默而生

毫無疑問，范仲淹的時代是波瀾壯闊的。

他五十歲之前是剛直諫言的文官，五十歲以後是戍守西夏的邊將。

他是逆行者，胸懷天下。朝廷蓋新殿，他說不要大興土木，勞民傷財；朝廷擴編制，他說推行績效考核，精簡官吏；朝廷收公田，他說降低工資，會造成貪污。

在他身上，我們看到經世濟國不僅僅是理想，它還是升遷、被貶、再升遷、再被貶。范仲淹離京那天，沒有一個人敢來送別。梅堯臣勸他以後少管閒事，范仲淹說「寧鳴而死，不默而生」。我們常常忘了，言說是多麼珍貴的品格。

1046 年，看着滕子京送來的《洞庭晚秋圖》，五十八歲的范仲淹，寫下一篇《岳陽樓記》，驚豔了時光。

❶ 慶曆四年春，滕子京謫^{zhé}守**巴陵郡**。越明

年，**政通人和**，百廢 具興 ，

乃重修岳陽樓，**增其舊制**，刻唐賢今人詩賦

於其上，**屬**^{zhǔ yú}予作文以記 之。

巴陵郡：即宋代的岳州。宋代有州無郡，這裏的巴陵郡只是沿用古代的郡名。

政通人和：政事通順，百姓和樂。政，政事。通，順利。和，和樂。　**具**：通「俱」，全部。

增其舊制：增，增加，這裏指擴大。舊制，原有的建築規模。

屬：囑託，這個意義後來寫作「囑」。

❶　慶曆四年的春天，滕子京被貶官而任岳州知州。到了第二年，政事順利，百姓和樂，很多長年荒廢的事業又重新興辦起來了。於是又重新修建了岳陽樓，擴大它舊有的規模，還在上面刻上唐代賢人和當代人的詩賦，滕子京囑咐我寫一篇文章來記述這件事。

日益精進

滕子京

　　北宋時期著名的政治家和文學家，范仲淹的朋友。兩人同於大中祥符八年（公元1015年）中進士。滕子京在中國歷史上本無甚麼地位，亦無顯赫的名聲，多虧了范仲淹的一篇《岳陽樓記》才使他的名字得以流傳後世，而且還冠上一個「勤政為民」的美名。因為《岳陽樓記》一文中說他在貶官一級後，「不以己悲」，僅用一年左右的時間，便把偌大的一個岳州治理得「政通人和，百廢俱興」。

❷ 予觀夫巴陵勝狀，在洞庭一湖。銜

 遠山，吞 長江，浩

浩湯湯，橫無際涯，朝暉  夕陰

，氣象萬千，此則岳陽樓之**大觀**

也，**前人之述備矣**。**然則**北通巫峽，南**極**瀟

湘，遷客騷人，多會於此，**覽物之情**，得無

異乎？

浩浩湯湯：水勢浩大的樣子。　**大觀**：雄偉壯麗的景象。
前人之述備矣：前人的記述很詳盡了。　**然則**：如此……那麼。　**極**：至，到達。
覽物之情：觀賞自然景物之後觸發的感情。

❷ 　　我看那巴陵郡的美麗的景色，集中在洞庭湖上。洞庭湖連接着遠處的羣山，吞吐着長江的江水，水波浩蕩，寬闊無邊。早晚陰晴明暗多變，景象千變萬化。這就是岳陽樓的雄偉景象，前人對它的描述已經很詳盡了。然而，因為這裏往北通向巫峽，往南直到瀟水、湘水，被降職遠調的官吏和南來北往的詩人，大多在這裏聚會。他們因景色而觸發的感情，可以沒有不同嗎？

日益精進

遷客騷人

　　遷客，指被貶謫流遷的人。騷人，泛指文人。戰國時屈原作《離騷》，因此後人也稱詩人為騷人。《離騷》是中國古代最長的抒情詩，此詩以詩人自述身世、遭遇、心志為中心，並開創了中國文學史上的「騷體」詩歌形式，對後世產生了深遠的影響。

3 若夫**淫雨霏霏**^{fú}  ，連月不**開**，陰

風怒號^{háo} ，濁浪**排空**，日星隱**曜**^{yào} ，山

嶽**潛**形^{qián} ，商旅不行，**檣傾楫摧**^{jí} ，薄暮冥

冥，虎嘯猿啼。登斯樓也，則有去國懷鄉，

憂讒畏譏^{chán} ，滿目蕭然 ，感極而悲者

 矣。

淫雨霏霏：連綿不斷的雨紛紛下個不停。霏霏，雨雪紛紛而下的樣子。

開：指天氣放晴　　**排空**：沖向天空。　　**曜**：光芒。　　**檣傾楫摧**：桅杆倒下，船槳折斷。

冥冥：昏暗。　　**憂讒畏譏**：擔心被説壞話，懼怕被批評指責。

　　至於連綿不斷的雨紛紛下個不停，有時連着整個月都沒有晴天，寒風怒吼，濁浪沖天，太陽和星星隱藏了光輝，山嶽隱沒了形體；商人和旅客無法通行，桅杆倒下，船槳折斷；傍晚天色昏暗，虎在長嘯，猿在哀啼。此時登上岳陽樓，(人)就會產生離開國都，懷念家鄉，擔心被別人説壞話，懼怕被批評指責，(因)滿眼都是蕭條的景象而感慨到極點的悲傷心境了。

日益精進

岳陽樓

　　岳陽樓位於湖南省岳陽市古城西門城牆之上，下瞰洞庭，前望君山，自古有「洞庭天下水，岳陽天下樓」之美譽，與湖北武漢黃鶴樓、江西南昌滕王閣並稱為「江南三大名樓」。岳陽樓作為三大名樓中唯一保持原貌的古建築，其獨特的盔頂結構，體現出古代勞動人民的聰明智慧和能工巧匠的精巧設計和技能。

④　至若春和景明，波瀾不驚，上下天光，

一碧萬頃，沙鷗 **翔集**，錦鱗 游

泳，**岸芷汀蘭** ，鬱鬱青青。而**或**長煙

一空，皓月千里，浮光躍金，靜影沉璧，漁

歌互答，此樂何極！登斯樓也，則有心曠

神怡，寵辱偕忘，把酒 臨風，其喜**洋洋**

者矣。

翔集：時而飛翔，時而停歇。

岸芷汀蘭：岸上與小洲上的花草。芷，香草的一種。汀，小洲。

或：有時。　　**洋洋**：高興得意的樣子。

4

　　至於春風和煦，陽光明媚的日子，湖面就會風平浪靜，天色湖光相接，一片碧綠，廣闊無際；沙鷗時而飛翔，時而停歇，美麗的魚兒在湖中游來游去；湖岸上的小草，草木茂盛，沙洲上的蘭花，香氣濃鬱。而有時大片煙霧完全消散，皎潔的月光一瀉千里，在月光照耀下，水波閃耀着金光；無風時，靜靜的月影好似沉入水中的玉璧。漁夫的歌聲一唱一和，這樣的快樂哪有窮盡！此時，登上岳陽樓，就會有心胸開闊，精神愉悅，忘卻榮辱得失之感，舉起酒杯，面對和風，心中不禁喜氣洋洋。

日益精進

文言文中的地理名詞

　　水中小洲稱「汀」，水邊平地稱「渚」，兩山相夾之水稱「澗」，水邊稱「涯」，連綿不斷的山稱「巒」，山頂圓平的山叫「嶺」，高聳巍峨的山叫「峯」。

5 嗟夫（jiē fú）！予嘗求古仁人之心，或異二者之為，何哉？**不以物喜** ，**不以己悲** ，居**廟堂**之高則憂其民，**處江湖之遠**則憂其君。是進 亦憂，退 亦憂。然則何時而樂耶（yé）？其必曰「先天下之憂而憂，後天下之樂而樂」乎！噫（yī）！微斯人，吾**誰與歸**？時六年九月十五日。

不以物喜，不以己悲：不因為外物（好壞）和自己（得失）而或喜或悲（此句為互文）。以，因為。　**廟堂：**指朝廷。下文的「進」，即指「居廟堂之高」。
處江湖之遠：處在僻遠的地方做官則為君主擔憂，意思是遠離朝廷做官。下文的「退」，即指「處江湖之遠」。　**誰與歸：**就是「與誰歸」。歸，效法，依歸。

5 　唉！我曾經探求過古時品德高尚的人的思想，或許不同於以上兩種心情，這是為甚麼呢？他們不因為外物的好壞和個人的得失而或喜或悲，在朝廷做官的人為百姓擔憂，不在朝廷做官的人為君王擔憂。這樣在朝為官也擔憂，在野為民也擔憂。既然這樣，那麼甚麼時候才快樂呢？那一定要說「在天下人憂慮之前先憂慮，在天下人快樂之後再快樂」吧？唉！如果沒有這種人，我又能同誰一道呢？寫於慶曆六年九月十五日。

日益精進

廟堂

　　原指太廟的明堂，是古代帝王祭祀、議事的地方。也指朝廷，即人君接受朝見、議論政事的殿堂。《淮南子‧主術訓》：「君人者，不下廟堂之上而知四海之外者，因物以識物，因人以知人也。」《晉書‧宣帝紀》：「帝曰：『邊城受敵而安坐廟堂，疆場騷動，眾心疑惑，是社稷之大憂也。』」

普通話朗讀

赤壁賦

蘇軾

姓名	蘇軾
別稱	字子瞻，號東坡居士，
	謚號「文忠」，世稱蘇東坡
出生地	眉州眉山（今四川省眉山市）
生卒年	公元 1037—1101 年

文學造詣 👍👍👍👍👍

「唐宋八大家」之一　與黃庭堅並稱「蘇黃」
與辛棄疾並稱「蘇辛」　與歐陽修並稱「歐蘇」
散文著述宏富

才藝指數 👍👍👍👍👍

書法家（「宋四家」之一）
畫家（擅長文人畫，尤擅墨竹、怪石、枯木等）

生命指數 👍👍👍👍

65 歲

東坡肉
東坡豆腐
東坡水餃
東坡肘子
東坡魚
……

人生如逆旅，我亦是行人

元氣豐沛、豪放不羈的人，總是不易被世人理解。本以為像蘇東坡這樣的千年大文豪，值得周圍人虔誠地仰望。然而，事實相反，越是超越時代的人，往往越不能容於他所處的時代。

他文章聞名天下，仕途卻歷盡艱辛；他襟懷蒼生百姓，卻無奈行於險阻。他早已沒入歷史的塵埃，但他樂天至善，堅韌自洽的理想人格，至今仍熠熠生輝。

元豐二年，四十三歲的他歷劫「烏台詩案」，一番牢獄之災，九死一生，後被貶至黃州。他放情山水，留下大量名篇，《赤壁賦》就是他與友人遊覽赤壁時所寫。這裏有他的月、他的水，月灑清輝，水流不止，聽從時間的召喚，他與自我和解。不知是蘇軾成就了黃州，還是黃州成就了蘇軾，但確實在此地，他終將長江歸還給了自己。

1

壬戌之秋，七月**既望**，蘇子與客

泛舟遊於赤壁之下。清風徐來，水波不

興。舉酒**屬**客，誦明月之詩，歌窈窕之

章。 少焉，月出於東山之上，徘徊於斗

牛之間。白露橫江，水光接天。**縱一葦之**

所**如**，**凌**萬頃之茫然。浩浩乎如**馮**虛御風

，而不知其所止；飄飄乎如遺世

獨立，**羽化**而登仙。

既望：過了望日之後的一天。古代大月望日是農曆十六日，小月望日是農曆十五日。

屬：勸酒。　**縱**：任憑。　**如**：往，去。　**凌**：越過。　**馮**：通「憑」，乘。

羽化：傳説成仙的人能飛升，像長了翅膀一樣。

❶ 　　壬戌年的秋天，時值七月望日之後，我與友人在赤壁下泛舟遊玩。清風緩緩吹來，水面波瀾不興。（我）舉起酒杯向同伴勸酒，吟誦《明月》中「窈窕」這一章。不一會兒，明月從東山後升起，在斗宿與牛宿之間來回移動。白茫茫的水汽橫貫江面，水光連着天際。放任一片葦葉似的小船隨意漂浮，越過浩瀚無垠的茫茫江面。浩浩渺渺好像升空駕風一樣，並不知道到哪裏才會停栖，飄飄搖搖好像要離開塵世飄飛而起，羽化成仙進入仙境。

(日)(益)(精)(進)

「明月之詩」

　　《詩經・陳風・月出》有「舒窈糾兮」之句，故稱「明月之詩」「窈窕之章」。

「窈窕之章」

　　《詩經・陳風・月出》詩首章為：「月出皎兮，佼人僚兮，舒窈糾兮，勞心悄兮。」「窈糾」同「窈窕」。

❷ 於是飲酒樂甚，扣舷^{xián}而歌之。歌曰：

「桂棹^{zhào}兮蘭槳 ，擊空明兮溯**流光**。渺渺兮

予懷，望**美人**兮天一方。」客有吹洞簫者，

倚歌而和^{hè}之。其聲嗚嗚然，如怨如慕，如泣

如訴，餘音裊裊 ，不絕如縷。舞**幽**

壑^{hè}之潛蛟，泣孤舟之**嫠婦**^{lí} 。

棹：一種划船工具，形似槳。　**流光**：江面浮動的月光。

美人：指他所思慕的人，古人常用來作為聖主賢臣或美好理想的象徵。

幽壑：這裏指深谷。　**嫠婦**：寡婦。

2

　　（我們）在這時喝酒喝得非常高興，敲着船邊唱起歌來。歌中唱到：「桂木船棹啊香蘭船槳，擊打着月光下的清波，在泛着月光的水面逆流而上。我的情思啊悠遠茫茫，眺望美人啊，卻在天的另一方。」有會吹洞簫的客人，配着節奏為歌聲伴和，洞簫的聲音嗚嗚咽咽：有如哀怨有如思慕，既像啜泣也像傾訴，尾聲細弱而悠長，像細絲一樣連續不斷。（歌聲）能使深谷中的蛟龍為之起舞，能使孤舟上的寡婦為之飲泣。

⬚日益精進

「泣孤舟之嫠婦」

　　這裏化用了白居易《琵琶行》中寫孤居的商人妻：「去來江口守空船，繞艙明月江水寒。夜深忽夢少年事，夢啼妝淚紅闌干。」

3 蘇子 **愀然**（qiǎo），正襟危坐而問客曰:「何為其然也?」客曰:「『月明星稀，烏鵲南飛』，此非曹孟德之詩乎?西望夏口，東望武昌，山川相繆，鬱乎蒼蒼，此非孟德之困於周郎者乎?方其破荊州，下江陵，順流而東也，**舳**（zhú）**艫**（lú）千里，**旌旗**（jīng qí）蔽空，**釃**（shī）**酒**臨江，橫**槊**（shuò）賦詩，固一世之雄也，而今安在哉?

愀然：容色改變的樣子。　**何為其然也**：（曲調）為甚麼會這麼（悲涼）呢?

月明星稀，烏鵲南飛：所引是曹操《短歌行》中的詩句。　**繆**：通「繚」，盤繞。

舳艫：船頭和船尾的並稱，泛指首尾相接的船隻。　**釃酒**：斟酒。　**橫槊**：橫執長矛。

　　我（感到）不愉快，整理衣襟端坐着，向客人問道：「簫聲為甚麼這樣哀怨呢？」客人回答：「『月明星稀，烏鵲南飛』，這不是曹公孟德的詩嗎？這裏向西可以望到夏口，向東可以望到武昌，山河接壤連綿不絕，目力所及，一片鬱鬱蒼蒼。這不正是曹孟德被周瑜所圍困的地方嗎？那時他攻陷荊州，奪得江陵，沿長江順流東下，麾下的戰船首尾相連延綿千里，旗幟將天空全都遮蔽住，面對大江斟酒，橫執長矛作詩，本來是當時的一位英雄人物，然而現在又在哪裏呢？

(日)(益)(精)(進)

「孟德之困於周郎」

　　指漢獻帝建安十三年（公元 208 年），吳將周瑜在赤壁之戰中擊潰曹操號稱的八十萬大軍。周郎，指周瑜二十四歲為中郎將，吳中皆呼為周郎。

曹操為甚麼「破荊州，下江陵」？

　　曹操南征之前，已經平定北方，荊州位於交通要道，面積大而經濟富庶，是曹操進攻南方的跳板。江陵又是荊州囤積物資的基地，所以曹操取荊州時除了直撲政治中心襄陽外，還要搶在劉備之前佔領江陵。

況吾與子漁樵於江渚之上，**侶魚蝦** **而**

mí

友麋鹿 ，駕一葉之扁舟，舉 píān**匏樽**以 páo xiāng 相

zhǔ fú yóu

屬。寄**蜉蝣**於天地，渺滄海之一粟。哀吾

yú

生之**須臾**，羨長江之無窮。挾飛仙以遨遊，

抱明月而長終。知不可乎驟得，託遺響於悲

風。」

侶魚蝦而友麋鹿：把魚蝦、麋鹿當作好友。侶與友，這裏都用作動詞。

匏樽：用葫蘆做成的酒器。匏，葫蘆。

蜉蝣：一種昆蟲，夏秋之交生於水邊，生命短暫，僅數小時。這裏比喻人生短暫。

須臾：片刻，時間極短。

何況我與你在江中和水邊打漁砍柴，以魚蝦為侶，以麋鹿為友，在江上駕着這一葉小舟，舉起杯盞相互敬酒，如同蜉蝣置身於廣闊的天地中，像滄海中的一粒粟米那樣渺小。唉，哀歎我們的一生只是短暫的片刻，不由得羨慕起長江的無窮無盡。（我）想要偕同仙人遨遊各地，與明月相擁而永存世間。（我）知道這些終究不能實現，只得將憾恨化為簫音，寄託在悲凉的秋風中罷了。」

日益精進

《國風・曹風・蜉蝣》

中國古代第一部詩歌總集《詩經》中的一首詩，借由蜉蝣這種朝生暮死的小蟲，寫出了脆弱的人生在消亡前的短暫美麗，以及對於終須面臨的消亡的困惑，自我歎息生命短暫、光陰易逝。

4 　　蘇子曰：「客亦知夫水與月乎？**逝者如**

斯，而未嘗往也；**盈虛者如彼**，而卒莫消長

也。蓋將自其變者而觀之，則天地曾不

能以**一瞬**；自其不變者而觀之，則物與我皆

無盡也，而又何羨乎！

逝者如斯：流去的（水）像這樣（不斷地流去）。逝，往。斯，此，這裏指水。

盈虛者如彼：時圓時缺的（月亮）像那樣（不斷地圓缺）。　**一瞬**：一眨眼的工夫。

4

　　我問道：「你可也知道這水與月？流去的（水）像這樣（不斷地流去），（但從整個大江來看）則並沒有流去；時圓時缺的（月亮）像那樣（不斷地圓缺），（但從月亮本身來看）卻始終沒有增減。可見，從事物易變的一面看來，天地間萬事萬物時刻都在變動，連一眨眼的工夫都不曾停止；而從事物不變的一面看來，萬物對於我們來說，都是永恆的，又有甚麼可羨慕的呢？

日益精進

「逝者如斯夫，不舍晝夜」

　　傳說孔子聽聞呂梁洪（今徐州呂梁山）地勢險要，帶得意弟子數人，前去觀洪，孔子師徒看到山下奔流的泗水（今故黃河），有感而發，慨歎「逝者如斯夫，不舍晝夜」。形容時間像流水一樣不停地流逝，一去不復返，感慨人生世事變化之快，亦有惜時之意在其中。

且夫天地之間，物各有主，苟非吾之所有，雖一毫而莫取。惟江上之清風，與山間之明月，耳 得之而為聲，目 遇之而成色，取之無禁，用之不竭。是**造物者**之**無盡 藏**^{zàng}也，而吾與子之所共**適**。」

5 客喜而笑 ，洗盞 **更 酌**^{gēng}。**肴核**^{yáo}既盡，杯盤狼籍。相與 **枕 藉**^{zhěn jiè}乎舟 中，不知東方之**既白**。

造物者：天地自然。　　**無盡藏**：佛家語，指無窮無盡的寶藏。　　**適**：享有。

更酌：交替勸飲。　　**肴核**：葷菜和果品。　　**枕藉**：相互枕着墊着。

既白：已經亮了。白，明亮。

何況天地之間，萬物各有主宰者，若不屬於你的，即使一分一毫也不能求取。只有江上的清風、山間的明月，聽到便成了聲音，進入眼簾便繪出形色，取得這些不會有人禁止，感受這些也不會有竭盡的憂慮。這是大自然恩賜的無盡寶藏，我和你可以共同享受。」

5　　客人高興地笑了，（於是大家繼續）飲酒、交替斟酒勸飲。菜肴果品都已吃完，杯子盤子雜亂一片。大家互相枕着墊着睡在船上，不知不覺，東方已經亮了。

日益精進

赤壁

　　赤壁之戰的古戰場，位於今湖北省赤壁市西北部。赤壁之戰，曹操自負輕敵，指揮失誤，加之水軍不強，終致戰敗。孫權、劉備在強敵面前，冷靜分析形勢，結盟抗戰，揚水戰之長，巧用火攻，創造了中國軍事史上以弱勝強的著名戰例。

普通話朗讀

送東陽馬生序（節選）

宋濂

姓名	宋濂
別稱	字景濂，號潛溪，別號龍門子、玄真遁叟
出生地	祖籍金華潛溪（今浙江省義烏市），後遷居金華浦江（今浙江省浦江縣）
生卒年	公元 1310—1381 年

文學造詣 👍👍👍👍👍

與高啟、劉基並稱為「明初詩文三大家」
與劉基一樣以散文創作聞名，並稱為「一代之宗」
為「台閣體」提供範本

史學貢獻 👍👍👍👍

創造了「以今為鑑」的勸諫方法
主持編纂《元史》二百一十卷　王禕將其與司馬遷相比

生命指數 👍👍👍👍

72 歲

當你無處可去，就讀書吧……

寒門逆襲，
成功絕非
偶然

《孟子》云：「故天將降大任於是人也，必先苦其心志，勞其筋骨，餓其體膚……」自古以來，成就大事前必歷經坎坷。明朝開國文臣之首宋濂，亦是如此。他家中清貧、體弱多病，但勤勉好學，終成人才。

元末戰火紛飛，他難以獨善其身，曾逃到山裏做了道士。儘管如此，他仍未放棄讀書。朱元璋稱帝，宋濂被封為翰林院學士，至此，他的半生所學才在百廢待興之時派上用場：制定國子監教育制度，主持皇家圖書館大本堂，選拔人才，為眾多寒門子弟創造機會。明朝的文化由他開始，從慘淡走向了繁榮。

他的逆襲，靠的不是大力出奇跡，而是曠日持久的努力。宋濂用努力贏得了「明朝文化奠基者」的美譽，也贏得了尊嚴。

❶ 余幼時即嗜學。家貧，無從**致書**

以觀，每假借於藏書之家，手自筆錄 ，

計日以還。天大寒，硯 堅，手指不

可屈伸，弗之怠。錄畢，走送之 ，不敢

稍逾約。以是人多以書假余，余因得遍觀羣

書。既**加冠** ，益慕聖賢之道。又患無

碩師名人與遊，嘗趨百里外，從鄉之先達執

經叩問。

致書：得到書。　**加冠**：古代男子二十歲舉行加冠禮，表示已經成人。後人常用「冠」或「加冠」表示年已二十。　**碩師**：學問淵博的老師。

1 我年幼時就愛好讀書。家裏窮，沒有甚麼門徑得到書來看，常常向藏書的人家請求借閱，親手用筆抄錄，計算日期送還。（即使）冬天非常冷，硯台裏的冰（很）堅硬，手指凍得不能彎曲和伸直，對此也不懈怠。抄寫完畢後，（我）疾行把書送回去，不敢超過約定的期限。因此有很多人都願意把書借給我，於是我能夠遍觀羣書。成年以後，（我）更加仰慕古代聖賢的學說，又苦於不能與學識淵博的老師和名人交往，曾經趕到數百里以外，拿着經書向鄉裏有道德學問的前輩請教。

(日)(益)(精)(進)

弱冠

　　古時漢族男子二十歲稱「弱冠」。古代不論男女都要蓄留長髮的，等他們長到一定的年齡，要為他們舉行一次「成人禮」的儀式。男行冠禮，就是把頭髮盤成髮髻，謂之「結髮」，然後再戴上代表已成人的帽子，以示成年，但體猶未壯，還比較年少，故稱「弱冠」。

先達德**隆**望尊，門人弟子填其室，未嘗稍降

辭色。余立侍左右，援疑質理，俯身傾耳以

請；或遇其叱 咄，色愈恭，禮愈至，不

chì duō

敢出一言以覆；**俟**其欣悦 ，則又請焉。

sì

故余雖愚，卒獲有所聞。

隆：高。 **俟**：等待。

前輩德高望重，門人弟子擠滿了他的屋子，（他的）言辭和態度從未稍有溫和。我站着陪侍在他左右，提出疑難，詢問道理，俯下身子側耳請教；有時遇到他大聲斥責，（我）表情更加恭順，禮節更加周到，不敢說一句話來回應；等到他高興了，則又去請教。所以我雖然愚笨，但最終獲得不少教益。

日益精進

朱元璋評價宋濂

宋景濂事朕十九年，未嘗有一言之偽，誚一人之短，始終無二，非止君子，抑可謂賢矣。（宋濂在我身邊做事十九年，從沒有一句假話，從沒譏諷過一個人的缺點，始終如一，他不僅僅是一個君子，也可以稱得上是一名賢者了。）

❷ 當余之從師也，**負篋曳屣** qiè yè xǐ 行深山

巨谷中。窮冬烈風，大雪深數尺，足膚皸裂 jūn

而不知。至舍，四支 勁不能動，**媵人** yìng

持湯沃灌 ，以衾擁覆，久而乃和。**寓** qīn

逆旅，主人日再食，無鮮肥滋味之享。 sì

負篋曳屣：揹着書箱，拖着鞋子（表示鞋破）。　**支**：通「肢」，肢體。

媵人：這裏指旅舍中的僕役。　**持湯沃灌**：拿了熱水來洗濯。沃，澆。灌，通「盥」。

寓：寄居。

❷ 　　當我外出求師的時候，揹着書箱，拖着鞋子，行走在深山峽谷之中。隆冬時節，颳着猛烈的寒風，雪有好幾尺深，腳上的皮膚受凍裂開（我）都不知道。回到客舍，四肢僵硬動彈不得。僕役拿着熱水為我洗濯，用被子裹着我，（我）很久才暖和起來。寄居在旅店裏，旅店老闆每天供應兩頓飯，沒有新鮮肥嫩的美味享受。

日益精進

屣

　　指鞋子，古代對鞋子稱呼的一種。古曰屨（jù），漢以後曰履，今曰鞋。用草編製的稱草屨，草鞋又稱躧（xǐ），又寫作蹝、屣。草鞋為賤物，所以古人常以脫屣、棄屣比喻事情之容易或對人事看得很輕。用作動詞時，形容拖着鞋走路。

同舍生皆被綺繡，戴朱纓寶飾之帽，腰白玉之環，左佩刀，右備容臭，燁然若神人；余則縕袍敝衣處其間，略無慕豔意，以中有足樂者，不知口體之奉不若人也。蓋余之勤且艱若此。

容臭：香袋。臭，氣味，這裏指香氣。　縕：亂麻。

同學舍的人都穿着華麗的衣服，戴着用紅色帽帶和珠寶裝飾的帽子，腰間掛着白玉環，左邊佩帶寶刀，右邊掛着香囊，光彩鮮明，像神仙一樣；我卻穿着破舊的衣服處於他們之間，但我毫無羨慕之心。因為心中有足以（讓我）快樂的事情，所以不覺得吃的、穿的不如別人。我求學的辛勤和艱苦就像這個樣子。

普通話朗讀

湖心亭看雪

張岱

姓名	張岱
別稱	號陶庵，別號蝶庵居士
出生地	浙江山陰（今浙江省紹興市）
生卒年	公元 1597—1689 年

哲學思想 👍👍👍👍👍

理性批判程朱理學與八股科舉制　辯證法思想
哲學思想的美學化傾向

文學造詣 👍👍👍👍👍

以小品文見長　以「小品聖手」名世　晚明「絕代散文家」
著有《陶庵夢憶》《西湖夢尋》《夜航船》《琅嬛文集》

史學貢獻 👍👍👍👍

文人修史「事必求真」「寧闕勿書」
著有《古今義烈傳》等

生命指數 👍👍👍👍👍

93 歲

讀過張岱，靈魂才有趣

明末文學家張岱，生於顯宦之家，幼年讀書萬卷，被譽為「神童」。年少時他放浪形骸，極愛繁華，好精舍、好鮮衣、好美食、好駿馬、好華燈、好花鳥，半世勞碌，幻夢一生。

他筆耕不輟，著作等身，除被世人讚歎的《湖心亭看雪》，還著有《陶庵夢憶》《西湖夢尋》《琅嬛文集》及史學名著《石匱書》，尤其是被後世推崇的《夜航船》，更是閃爍着他智慧的光輝，全書涵蓋四千多個此生都不可錯過的文化常識，包羅萬象，詩意盎然。

以當下的眼光看，張岱可以説是位時尚先生，沒有人比他更精於守護萬物獨特的氣息氛圍了。事實上，他自己就是湖心亭中那一片剔透的白雪，灑脱、高遠、豐神綽約、趣味無窮。

崇禎五年十二月，余住西湖。大雪三日，湖中人鳥聲俱絕 。是日 **更定** gēng 矣，余**挐** ná 一小舟 ，擁**毳**衣 cuì  爐火，獨往湖心亭看雪。**霧淞沆碭** hàngdàng ，天與雲與山與水，**上下一白**，湖上影子，惟長堤一痕、湖心亭一點 ，與余舟**一芥**、舟中人兩三粒  而已。

更定：指初更以後。晚上八點左右。　**挐**：撐船。　**毳衣**：細毛皮衣。

霧淞沆碭：冰花周圍瀰漫着白汽。沆碭，白汽瀰漫的樣子。

上下一白：上上下下全白。一，全或都，一概。　**芥**：小草，比喻輕微纖細的事物。

①

　　崇禎五年十二月，我住在西湖。大雪接連下了多日，湖中人和鳥的聲音都沒了。這天初更時分，我撑着一葉小舟，穿着細毛皮衣，帶着火爐，獨自前往湖心亭看雪。湖面上，冰花周圍瀰漫着白汽，天和雲和山和水，渾然一體，一片白茫茫。湖上的影子，只有長堤的痕跡一道，湖心亭（的輪廓）一點，我的小舟一葉，舟中的兩三個穀粒大小的人罷了。

ⓓⓘ ⓐⓘ ⓢⓘ ⓤⓘ 日益精進

「霧凇」

　　形容湖上雪光水汽，渾蒙不分。曾鞏《冬夜即事詩》自注：「齊寒甚，夜氣如霧，凝於水上，旦視如雪，日出飄滿階庭，齊人謂之霧凇。」

❷　　到亭上，有兩人鋪氈對坐  ，一

童子燒酒爐正沸。見余大喜曰：「湖中**焉得**

更有此人！」**拉**余同飲。余 強 飲三**大白**

而別。問其姓氏，是金陵人，**客此**。

及下船，**舟子**喃喃曰：「莫說相公**痴**，更有**痴**

似相公者。」

焉得更有此人：哪能還有這樣的人呢！焉得，哪能。　　**拉**：邀請。　　**大白**：大酒杯。

客此：客，旅居他鄉作客，指在此地客居。　　**舟子**：船伕。

痴似：痴於，痴過。痴，本文為痴迷，表現了人物鍾情山水、淡泊孤寂的心境。

❷ 　　到了湖心亭上，我看見有兩人鋪好氈子，相對而坐，一個童子正把酒爐裏的酒燒得滾沸。他們看見我，非常高興地說：「想不到在湖中還會有您這樣有閒情逸致的人！」於是他們邀請我一同飲酒。我高興地喝了三大杯酒，然後和他們道別。問起他們的姓氏，才得知他們是金陵人，在此地客居。等到下船時，船伕小聲地說：「不要說只有相公您一個人痴迷（山水），還有痴迷（山水）超過您的人！」

(日)(益)(精)(進)

相公

　　原是對宰相的尊稱，後轉為對年輕人的敬稱及對士人的尊稱。

171

普通話朗讀